岩 波 文 庫

32-219-6

湖 の 麗 人

スコット作
入江直祐訳

岩波書店

はしがき

作者スコットは、一七七一年八月、蘇格蘭の首都エヂンバラに生れた。一八三二年九月の長逝にいたるまで、健筆を鼓して述作すること詩文併せて數十巻にのぼる。浪漫期に於ける先驅の一人であり、詩聖の名を遂にワヅワスに譲るといへども、散文小説を以て民衆に呼びかけた力は甚大であつた。喋々するまでもなく‘Ivanhoe’,‘Marmion’等の如きは江湖博雅の士の好愛するところである。題を中世古史に採り、材を騎士佳人に採り、意を勇武高雅に注いだ。之を自然主義的觀點より白眼視し、プロ文學的角度より否定し去るは愚劣である。これは純文學であり、同時に大衆小説でもある。稗史に墮せず、談理に偏せず、名を歴史に借りて實を理想に求めたものである。彼は哲學を持つてゐなかつたかも知れないが、冷熱共に貫く一箇の道念を具へてゐた。人物描寫の類型的なるにもかかはらず、しかも潑溂たる氣慨を感得せしむるものは蓋し此の故であらう。‘The Lady of the Lake’は「湖上之美人」なる譯題の下に、明治以來既に人口に膾炙せしものである。一八一〇年の作にかかり、當時三十九歳の作者は詩より文への劃線を跨ぎつつあつた。一巻を朝暾より落暉にいたる一日間に當て、すべて六巻、六日の行事を錄する。全篇を蔽ふに韻律を以てし、頗る吟誦に慣するものであるが、特種の歌謠類を除く外を悉く散文譯としたのは野上豐一郎先生の示唆による。七五調、自由律等々數種の舊譯本を參照するに、先生の達識の甚だ賢明なることを知つた。その煙霧の深きが如く、北國僻遠の地名は茫乎として判讀に困しむ。或は地名辭典により、或は市河三喜先生の高配を仰ぎ、或は同地出身の洋人に訊ねた。しかも譯者の愚昧なる、いまだ萬全を期し難い。諸賢の叱正を期待する所以である。尚、後記して、文獻の貸與を許されたる山宮允先生の寛厚を拜謝す。

昭和十一年七月一日

譯者しるす

目次

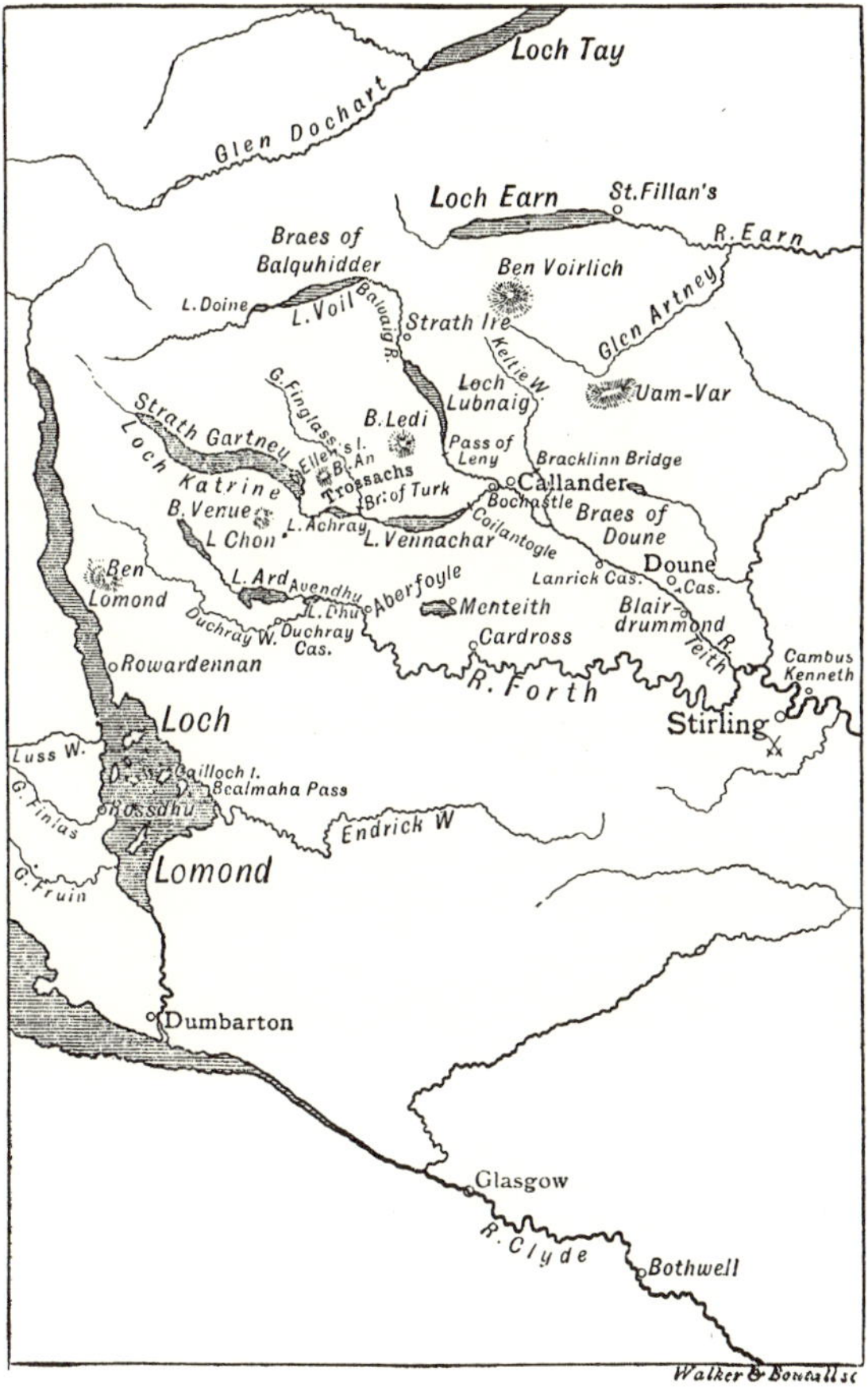

Walker & Boutall sc

湖の麗人

巻ノ一　狩

序詩

古への*フィランの聖僧《ひじり》の　名に高き泉のほとり、
枝《し》垂《だ》れたる楡《にれ》の片枝《かたえ》に　懸け捨てし蘇*國の竪琴《たて》、
をりふしの　さ渡る風に　絃《いと》の音《ね》はすずろに鳴りしが、
澄む音《をと》を妬《ねた》むか否か　蔦《つた》の葉は茂りもつれて
青葛《かつら》絃《いと》にからまり、朽壞《くえ》の年　幾世《いくよ》か經ぬる。
木《こ》梢《ねれ》にて葉はさやげども　音ありて泉は湧けども、
葉ずれより　瀬の音よりも　高かりし歌聲絶えて、
武夫《もののふ》に笑《ゑみ》を贈らず　早《さ》乙女《をとめ》に憂ひも寄せず、
只　緘《もだ》す　緒《を》琴の調べ、はや何時迄か眠り惚《ほ》けし。

＊
カリドンの榮えし昔、百敷《ももしき》の大宮人の
集《つど》ひ寄る饗宴《うたげ》の筵《せき》に、この琴の響きしものを。
怯《を》じたるを勵ましたゝし、驕《をご》れるを鎭め抑へて、
片戀ひを侘《わ》びても歌ひ　功績《いさをし》を賞《め》でても歌ひ、
益荒《ますら》夫《を》の荒ぶる業《わざ》か　美《うま》し女《め》の比ひなき眼を
歌ひつぐ節の折々、高らにも聞えいでしは
掻きならす五絃のもつれ、嚴《いつ》くしく妙《たへ》に淸らの
手すさびに　和胸《やはむね》騷ぐ　美はしき姬もありしを。
長《をさ》達も兜《かぶと》の羽根を＊　傾ぶけてこそ聞きたまひしを。

目醒めずや　噫　今一度、彈《ひ》きなづむ我が賤《しづ》が手の
指先は絃《いと》に迷ひて　しどろにも音《ね》を亂るとも。
目醒めずや　噫　今一度、彈き澱《よど》む拙《つたな》き技《わざ》に
古への歌を偲べど、往《さき》の日の響は還《かへ》らず、
消《け》ぬがにも哀れかそかに　聞ゆるは鈍音《にびおと》なれど、

やごとなき緒琴の絃に　觸るゝさへかしこけれども、
ふと打ちて　化《け》妙の調べ　いみじくも鳴りも出《いで》なば、
音《ね》に醉ひて誰《た》が家《いへ》の子か　その血潮高まるもあらむ。
緘《もだ》し居《ゐ》の夢を見果てて、はや目醒めずや　妖《あや》しの竪琴。

1

モナンの小川の漣《さざなみ》に夕月のちらつく頃、牡鹿はたつぷり谷水を飲んでから、さみしいグレナートニ谿谷の內懷《うちふところ》の奥まつた榛林《はしばみ》に、安らかな夜の褥《しとね》を求め得たけれど、ベンヴォリッヒ山の高い頂《いただき》に、あかあかと朝日の烽火《のろし》が輝きそめる時、木靈《こだま》を起す*ブラッドハウンドの野太《のぶと》い吠聲が岩道づたひに鳴りわたり、かすかながらその向ふから、馬蹄の響、角笛《つのぶえ》の音さへ聞えてきた。

2

「打ち方《かた》用意！　敵兵城壁に殺到す」と、哨兵の叫ぶ警報を聞く時の城主のやうに、角《つの》のある曠原の王者は、灌木の茂みがくれの寢床から、一足飛びに跳《は》ね起きた。一と走り駿足を飛ばさうとして、まてしばしと、まづ脇腹の朝露をふるひ落し、これ見よがしに兜《かぶと》の羽根の前立をなびかせた将軍の如く、空にもとどけと高々と大角を聳やかしながら、ちらりと谷の下手を見渡し、颪に傳はる追手の氣配をふと嗅いでみた。勢子《せこ》達がだん／＼押寄せてくるにつれて、ます／＼吠え交《かは》す獵犬の聲にもふと耳を傾けたが、先頭の敵影を見るが早いか、灌木林を見事に飛び越え、人里離れたウア・ヴアの荒野を目がけて眞向無盡《まつかうむじん》に駈け出した。

3

獲物を見つけて獵犬の群は唸り立て、岩も谷も洞穴も一齊に反響を起し、入り亂れる人馬の音に、ふと目をさました山々は、早速の挨拶を叫び返へした。群がる獵犬は野太い聲で吠えしきり、馳せ違ふ逸物《いちもつ》は戞々《かつく》と蹄《ひづめ》を鳴らし、吹きたてる角笛は朗らかに冴えわたつた。どよめく音、叱咤する叫び、それ追へ、かかれと犬を追ふ聲々。騷然たる物音にペンヴォリッヒの山彦は絶え間なく響きわたつた。仔鹿は音の聞えぬ遠くへ逃げ、牝鹿はおびえて隱れ家に身を潛め、蒼鷹は岩山の頂の一角から、騷々しい一行を呆れ顔で見下ろしてゐるうちに、遠見《とほみ》の利《き》くその眼でさへ屆きかねる向ふの方へと、吹きすぎる嵐のやうに、人馬の群は谷を拔けて走り去つた。洞穴や崖《がけ》や瀧つ瀬に、かすかに傳はる反響も次第に消えて行つて、さみしい森も大きな峰も、あたり一面ひつそり靜まりかへつた。

4

ウア・ヴァの山の頂《いただき》から、その昔、巨人が棲んでゐたと云ひ傳へられる洞穴のあたりにかけては、狩獵の騒ぎも屆かなかつた。なぜなら、その險しい山道を駈《か》けあがらぬうちに、もう太陽は中天高く昇りきつたので、流石元氣な若武者たちも殘念ながら踏み止まり、足搔《あが》きの亂れた愛馬に一息つかせたいと思つたし、鹿追ひの獵犬の群でさへ、だん〱落伍して、離れずに蹤《つ》いてゐたのは半分位に減《へ》つてゐたから。山腹を無二無三に馳けまはらされての、手荒い度胸だめしには、犬もすつかり參つたのである。

5

此の時、あの壯麗な大鹿は、南側の山腹の斷《き》りたつた崖ぶちに、しばし足を停めてゐた。はるか麓のかなたには、*メンチースの山河がひろがつてゐる。牡鹿は落ちつかぬ眼色で、野や山や沼や池などを見渡しながら、遠く離れたアド湖のほとりか、アバフオイルの村里のあたりのどこかに隱れ場をみつけて、この憂目《うきめ》を逃れたいと思案したが、それよりもアハレ湖畔に枝を垂れて風にゆれてゐる雜木林、そのつきる所はベンヴェニュ山の巍々たる岩壁となつて、蒼々と霞む松の樹立と交《まじ》り合ひ、灰色に煙る雜木林、あの方がずつと手近だと考へつくと、希望と共にまた湧きあがる元氣に滿ちて、牡鹿は灌木《ひこばえ》*を蹶散らし蹶散らし、疲れを知らぬ駿足を西に向けて、息を切らしながら追ひすがる狩人達を、遙か後ろに引き離してしまつた。

6

追手の面々がキャンバス*莊園を驅《か》け拔けた時、どんな馬が落伍したか、空高く聳えるレヂの尾根が行手の路を遮る所で、もう駄目だと手綱を引締めて馬を止めたのは誰であつたか、ボキァスルの荒野まで來たものの、弱り果てて倒れたのは誰であつたか、――この勇敢な牡鹿は今日一日のうちに、二度までも、岸から岸へと臆する色もなく泳ぎ切つたが――漲《みなぎ》り流れる水勢に氣おくれして、チース河を渡らうとしなかつたのは誰であつたか、いちいち話してゐては果しもないが、ともかく、伴侶《つれ》と離れて遠くヴェナカア湖まで追ひすがつた者は、數へる位しかゐなかつたし、いよいよターク*橋を過ぎる時には、先頭の騎士たつた一人になつてゐた。

7

ただ一騎になつたけれども、一向に弱氣も見せず、騎手《のりて》は頻りに鞭を當《あ》て拍車をかけた。なぜなら、たうとう難走のために疲れ切つて、泡を吹き、泥にまみれ、ぜいぜい吐息をつきながら、力まかせに逃げのびる鹿の姿が、もう直ぐ目の前に全《まる》見えだつたし、比類のない程、勇ましい、肺の強い、足の速い黒一枚の聖ヒューバアト犬二頭が、矢を引いて飛ぶ鹿の後に迫り、今にもこの死物狂ひの獲物を摑むのかと思へたから。この職務に忠實なブラッドハウンド種は、鹿の腰から槍一本の距離につめてしまつたのだが、それ以上に縮めることは出來ないし、詰められた鹿の方でも、それ以上引離すことは出來さうに見えなかつた。かうして、斷崖と藪との間をくぐり拔け、木の株や石塊《いしころ》を蹴《け》りながら、湖水の汀《みぎは》を驅《か》け競《きそ》つた。

8

物寂しい湖水の西を限る高い山に氣付いた狩人は、あの巨大な保壘のやうな山尾根が逃路を遮る所で、進退窮《きはま》つた牡鹿が突如反撃に出るだらうと考へた。まだとらぬ獲物なのに、立派な角の長さを目測したりして、心ひそかに得意になりながら、えいとばかりに止めの一撃を呉れようと、氣合を籠《こ》め、短劍を拔き放ち、腕をふり擧げ、拔身《ぬきみ》をかざし、充分に構へをつけて、猛然跳りかかつた一瞬間、賢《さか》しくも鹿はその一撃を引外し、向ひの岩角から體《たい》を轉じて、うす暗い谷間にどつと走り込み、獵犬や狩人の目先をくらまして、トロサックの荒野の奥のさみしい一隅に逃げのびて、姿を隱してしまつた。そつと其處にかゞみこんだ儘《まゝ》、茂みの木梢から落ちてくる冷めたい露と野の花を頭の上に受けながら、うまくまかれた獵犬が吠え返す岩山の反響に愈々じれて、甲斐もない怒號を谷中に張り擧げてゐるのを、じつと聞いてゐた。

9

隱れた獲物探しに嗾《けしか》けようと、狩人は獵犬の後を追つて馬を乘りつけたが、谿間の道のひどい凹凸に躓《つまづ》いて、疲れ切つてゐた駿馬が倒れてしまつた。騎手はいきり立つて、馬を起さうと焦《あせ》つてみたが、拍車も鞭も何の役にも立たなかつた。流石の逸物も、今は足掻《あが》く力さへなく、硬張《こはば》つた四足を延ばした儘《まゝ》、もう二度と起き直ることは出來なかつたのだ。死に臨んだ愛馬を哀れとも思ひ、我が心さへ傷《いた》んで、彼は歎息して云つた。「比《たぐ》ひ稀な私の愛馬よ、始めてお前の手綱をこの手に採つたのは*セイヌ河の岸邊であつたが、あの時は、お前の駿足を、『高地《ハイランド》』に棲む荒鷲の餌《ゑ》食《じき》に呉れてやらうとは夢にも考へてゐなかつた。勇ましい我が葦毛《あしげ》の馬を奪ひ去つた斯《こ》の狩《かり》に禍《わざわひ》あれ、今日といふ日に呪ひあれ。」

10

探してもどうせ無駄だと、狩人は角笛を谷一杯に吹き鳴らして、獵犬を呼び返へした。獵犬は跛行《びつこ》ひきひき、のろのろした足取りで歸つてきて、今日の狩の先達《せんだつ》を務めた元氣も失《う》せ、悄々《しをしを》と主人に寄り添ふのであつた。谷間に溢れていつまでも響を傳へる角笛の音に、梟《ふくろふ》はおどろいて目を醒し、鷲は叫び聲をたてて應じた。あちらに響き、こちらに響き、應《こた》へて吹く角笛のやうに、しばし鳴り止まぬ山彥を聞きながら、獵友のたれかれに落ち合ひたいものと、狩人は歸り路を急いだが、あまりにも奇異な途上の風物に氣を取られて、又してもその足を止めるのであつた。

11

西空に落ちかかる夕陽の光りは、水のやうに漲《みなぎ》り流れて橫なぐりに谷間を射《さ》し、茜《あかね》色の峰々も、尖塔のやうにそそり立つ山巓の岩も、燃えたぎる陽光の氾濫に浸つてゐたが、底の方の暗い峽谷には落日の光箭も屆かなかつた。その谷底の陰を縫ふやうに山徑《みち》が一筋《すぢ》うねつてゐる。落雷に裂《さ》き破《わ》られた頂《いただき》を並べたてて谷からいきなり高く聳えてゐるピラミッドのやうな岩山の間をくぐり、その昔、神を恐れぬ痴漢《しれもの》共が、*シナルの原に築きあげたといふ高塔を偲ばせる巨大な山塊、險路を扼してたつ自然の城砦のやうな孤峯の裾を廻り行く細路であつた。破《わ》れ碎けた岩の峰は、城塞となり圓屋根《ドーム》となり胸壁となり、或はアラビヤ風の圓頂《キユポラ》や高尖塔《ミナレット》のやうな奇趣を帶び、或は東邦の工匠が技《わざ》をこらした回教寺院《モスク》や高樓《パゴーダ》の棟飾に見られるやうな、奔放な姿を備へてゐる。天斧のつくりなすこの長城は、しかも、五彩に塗りあげられ、無數のきらびやかな旗で飾りたてられてゐた。なぜなら、皺疊《しはだた》む岩壁から、底知れぬ谷間の林を見下ろしながら、露の玉を鏤《ちりば》めた野茨《のいばら》の細枝は綠色の蔓を延ばして、ゆらゆらと垂れてゐたし、山肌にからんで咲く色とりどりの灌木の花が、夏の夕べの靜かな西風にそよいでゐた。

12

恩寵深き造化の神は、木といはず草といはず、山の子供、あの野育ちの花を、そこらあたりに縱横無盡に撒きちらしてゐる。ここの野茨は風に香りを寄せ、あちらには山樝《さんざし》と榛《はしばみ》の花が重なり合つてゐる。ほの白い櫻草と菫の花は岩肌のそこここに取縋《とりすが》つて咲きかたまり、驕慢を象《かたど》るヂギタリスと罪障のしるしといふイヌホホヅキとが仲よく咲き並んで、風雪の痕《あと》を止めた岩壁の色彩に、調和する澁い色を點じてゐる。谷間には灰色にけむる樺《かば》と白楊《はこやなぎ》とが、吹く風毎にそよぐ梢を垂れ、秦皮《とねりこ》と古武士のやうな柏の木は、山腹の岩の裂目にしつかり根を下ろしてゐる。高い處には松の木が荒れた幹を延ばし、絶頂と絶頂と相寄つて劃《かぎ》る狹い空間のあちらこちらに小枝を懸渡してゐた。陽《ひ》に光る蔓《つる》草が搖れやまぬ山の頂、一段高い山の頂が、その白雪の輝きを覗かせてゐるあたりに、夏空の匂ふばかりの紺碧の色がやつとちらちら目に這入る。あまりにも荒唐な風物は、どこを見ても、夢魔の襲ふ一夜の夢としか思はれなかつた。

13

だんだん行くと、雑木林の眞中に、仔鴨も泳げない位に巾の狭い入江が、靜かな水を深々と湛《たた》へてゐるのが見え始めた。しばらくは茂み隱れにうねつて見えなくなつたが、又現はれて來た時はずつと擴がつてゐて、屛風のやうな岩や草の茂る小丘などを、鏡のやうな濃藍の水面に映じてゐた。狩人があてもなく進むうちに、湖はますますひらけ、叢林の中から水邊に突き出てゐるとばかり思つてゐた草木のむらがる小山の姿は、濠をめぐらす城の如く、四面の水波の中に浮んでゐるのであつた。歩を移すに從つて湖面はいよいよ廣く、その小山さへ、親山と子山とに分れ離れ、遠く水を相隔てる湖上の島々の姿となつた。

14

行暮れた狩人は、この谷を抜ける道を探しても見當らないので、仕方なく、秦皮《とねりこ》の若枝に縋《すが》り、エニシダの強い根を梯子《はしご》代りに踏みしめ踏みしめ、見上げるやうな絶壁をよぢ登つて行つた。やつと高い崖の上に出た彼の脚下には、見よ、輝く黄金の板を磨いて延したかのやうに、燦々と入日にきらめくカトリン湖が、蜒々とうねるその全貌を横へてゐた。岬も入江も灣も燃えるやうな波に浮び、茜《あかね》色に映《は》える島々も、この仙境を守つて立つ巨人の姿かと思はれる山々も、みな一望の下にあつた。南天に聳える雄大なベンヴェニュ山が摑《つか》みかためて投げ落した岩塊と丘と小山――有史以前の地球の破片――は雜然と汀《みぎは》にかたまり、行く路も無い森林が、荒廢した山肌や灰色の山頂を、ふわりと蔽うてゐる。北の方には、中空を貫《つらぬ》くベンアーンの山容が、全裸《ぜんら》の額《ひたひ》を高々とそばだててゐた。

15

峨々たる岬の一角に立つて、この他郷の旅人は、且つは悦び且つは呆れて叫んで言つた。「王侯の權勢をつくし、宗門の驕奢を誇る莊園として造營するならば、此處はさだめし素晴らしい景色になるだらう。此方の斷崖の上には王者の威を示す高樓を築き、彼方の長閑な谷間には女御《にょご》の憩《いこ》ふ小亭をしつらへ、遙か向ふの草原には、灰色に建ち並ぶ僧院の小塔を遠見《とほみ》にあしらつたらどうだらう。角笛の音はたのしげに湖上をつたはつて、明けるに遲い曉を、早く早くとせきたてることだらう。森の樹もしづまりかへる夕暗《ゆふやみ》に、戀するものの彈く琵琶の音は美しい曲を奏《かな》でるだらう。眞夜中の落ちる月が銀色の波間にその額を浸す頃、遙かに聞える朝禱はかすかながらも嚴《おごそ》かな聲を傳へ、殷々と鳴る鐘の音に起されて、あのさびしい小島の草庵に行ひ澄ます隱者は、鐘の音に合せて珠數をつまぐりながら祈禱を捧げることであらう。——そして、角笛も琵琶も鐘の音も、行き暮れた旅人を、心やさしい歡待と灯のあかるい廣間とに呼び寄せる道しるべとなるだらう。

16

もしさうならば、この邊をさまよふのも一興であらうが、今は——小賢《こざか》しい鹿の御蔭で——その瘠《や》せさらばえた隱者と同じやうに、雜木林に食を漁《あさ》り、苔むす水邊に褥《しとね》を求め、どこかの柏のざわめく葉末を屋根と思はなければならないのだ。それはまだ我慢できる。戰場や獵場で、寢る場所の撰《え》り好《この》みをしてはゐられないのだから。——木の下蔭に明かす夏の一夜も、明日《あす》の日には愉快な噺の種になるばかりだ。だがしかし、ここの野山には、御面會を御免蒙りたいやうな連中が澤山ゐるかも知れない。ここらあたりに住む『高地《ハイランド》』*の山賊共に出遭つたら最後、乘馬や鹿を失《な》くした位のことでは濟みはしない。——何分一人きりだから——さうだ、角笛を吹いてみよう。獵の一行にはぐれた誰れかが聞きつけて來るかも知れない。もし一生の大難がふりかかるならそれでよし。腰の剛刀の切味《きれあぢ》はかねて充分に試《ため》し濟《す》みだ。」

17

二度目の角笛を吹き鳴らした時に、その音を聞きつけたのか、小島の岩に枝を張る古い柏の水邊に延びた木蔭から、時を移さず滑り出した一艘の小舟があつた。見れば、漕ぐ人はうら若い娘ではないか。小舟は入江をめがけて進んで來る。軟《やはらか》い孤線を描いて深い汀《みぎは》の斷崖をめぐる入江には、波とも言へぬ漣《さざなみ》が小渦《こうづ》を澱《よど》ませつつ、枝垂れ柳の木梢を浸し、囁くやうな水音を低くたてながら、磯に敷《し》く雪白の小石を洗つてゐる。小舟がこの*銀色の渚《なぎさ》に漕ぎ寄つた時、今まで佇《たゝず》んでゐた狩人は、つと茨の茂みに身を隱して*湖の麗人をじつと窺《ちかが》つてゐた。遠くの方から、また物音が聞えるやうな氣がしたのか、娘は漕ぐ手を止めて立上つた。やや仰向《あをむ》いて、眼を張り耳を凝《こ》らしたその面持《おももち》は、何か一心に聞き澄《すま》してゐるのであらう。房々した髪は背に垂れ、口は心持開いてゐる。ギリシャ彫像そのままの立姿《たちすがた》は、この磯に住む水の精かと思はれた。

18

しかし、ギリシャの彫物《ほりもの》師が鑿《のみ》を揮《ふる》つた*ニンフや*ナイアッドや*グレイスの彫像にも、こんな綺麗な貌《すがた》は見られない。容赦なく照りつける陽《ひ》にやけて、その頬はかすかな茶色に染まつてゐるが、そんなことはなんでもない――骨折りといふ程でもない手輕なオールをすこしばかり漕いだせゐか、顏の色はつややかに烙《ほて》り、心持せはしく動悸うつ雪白の胸が、襟元を洩れてちらちら見える。きちんとした作法に慣れないので、宮廷風の優雅な足並《なみ》こそ出來なかつたが、そんなことはなんでもない――しなやかな足先はヒースの花の露も散らさないし、見事な步調を刻《きざ》んで輕るく踏む足許《あしもと》には、釣鐘《つりがね》草のなよなよした枝も折れずに、花冠はすぐ元の姿に立ち直るのであつた。その言葉には何處やら山國の訛《なまり》が拔けないけれど、そんなことはなんでもない――狩人は息を凝らして、銀鈴を振るやうな柔らかな可愛い聲に聞きとれてゐた。

19

どう見ても、一族一門の大將方《がた》の姫君に違ひない。繻子《しゆす》のリボン*と格子模様*の絹のマントと黃金の襟止《ブローチ》とが動かぬ證據である。世の中にリボンも數多いけれど、夜烏《よがらす》の濡羽《ぬれは》の色さへよりつけないほど、こんなにも漆黑に光る豐かな捲毛を結び止めるリボンは、外には滅多《めつた》にないだらう。格子縞のマントも、これ程きれいな胸を愼《つつ》ましく包《つつ》んだことはまたとないだらう。これ程やさしい心臓の眞上で、着物の襞《ひだ》をしぼり止めるブローチも稀であらう。このエレンの氣質《きだて》の良《よ》さを知りたいと思ふなら、その眼を見さへすればよい。カトリン湖がその紺碧の鏡に、水邊に茂る草木の姿をそのままに寫してゐるとはいふものの、その折々の、何のこだわりもない彼女の眼付は、胸の中の無垢《むく》な心の動きを、もつと瞭《はつき》り映《うつ》してゐる。黒い瞳に悦びの色が踊る時にも、悲しい憐《いと》しい物思ひに嘆息《ためいき》をつく時にも、親を思ふ孝心の溢れる時にも、神を恭《うやま》ふ信仰に浸り切つて祈る時にも、ひどい目に遭つた人の身の上を聞いて、胸に潛むスコットランド魂《だましひ》が怒に燃える時にも、何時も飾り氣のないその眼色であつたが、彼女が乙女の誇《ほこり》にかけて隱し徹《とほ》すただ一つの熱情——それもまた汚《けが》れに染まぬ熱い心の焰《ほのほ》であつたが——ただ一つの熱情を、どうしても眼差《まなざし》に表《あらは》さうとはしなかつた。然しその熱情がなんであつたか、はつきり名指す必要が何處にあらう。

20

もう聞えぬ角笛の音を待ち切れなくなつたのか、たうとう彼女の呼ぶ聲は風に乘つて響いた——「お父樣」——あたりの岩壁は、その優しい聲を逃がすまいと何時迄も反響するのであつた。暫く默つてゐたけれど何の返事もない——「マルコム樣、笛の音は貴方が鳴らしたの」と羞恥《はにか》みながら呼ぶ人の名は、その聲もかすかに消えて、木靈《こだま》の精でさへ聲の波紋を捕へかねる程であつた。その時、「この他國者です」と云ひながら、かの狩人は榛《はしばみ》の木蔭から進み出て來た。びつくりした娘は忙しくオールを操《あやつ》つて小舟を岸から離し、すこし遠退《とほの》いた所で襟元の亂れをかき合せた。(白鳥が驚く時、こんな風に身をかわし、こんな風に亂れた羽根を啄《つつ》き揃へる)どきどきするほど魂消《たまげ》ながらも、もう大丈夫と舟を止めて、この他國の人をじつと見つめたが、狩人の姿も眼差《まなざし》も、若い娘がおびえて逃げ出すやうな類《たぐひ》のものではなかつたのだ。

21

その精悍な面魂《つらだましひ》には、分別盛りの中年者の面差《おもざし》が何處となく刻まれてゐたけれども、青春の純眞と熱情との痕《あと》がまだ消え失《う》せてゐず、果敢と歡樂と邁進と決斷との面影があつた。前後不覺の熱愛と癇の強い憎惡とを宿して光る眼の色は、かきたてさへすれば直ぐ燃え上りさうな氣配《けはい》を見せてゐた。そして男らしい四肢は勇しい遊獵や武道試合に恰好の逞《たくま》しさであつた。着てゐるのは平服であつたし、腰の一劍を除く外には何の武具もつけてはゐないけれども、堂々たるその風采は、武門の譽れ高き名家の出であらうかと頷《うなづ》かせ、甲冑に身を固めた何處かの殿原《とのはら》が、兜《かぶと》の前立の羽根飾をなびかせながら、湖畔御遊歩の體《てい》かと思はせる氣品があつた。はしたない物乞ひ沙汰は口の汚れとばかり、さあらぬ體《てい》で狩人は、行き暮れて難澁《なんじふ》致しますと語つたばかりである。淀みもなく流れる立派な挨拶は、慇懃を極めた作法正しい言葉であつたが、その調子なり、その丁寧な物腰なりには、何時も指圖するのに慣れてゐて、頭を下げつけてゐないらしい氣風が籠つてゐた。

22

ついぞ見知らぬ男の姿を、娘はしばらくの間見つめてゐたが、たうとう安心し切つてかう云つた。「ここいらの『高地《ハイランド》』の館《やかた》は、山道に踏み迷ふ旅の人を何時でも御泊《と》め申しますし、それに、人里離れたあの寂しい小島の私達の侘住《わびずま》ひに貴方を御迎へ申しますのは、思ひ設《もう》けぬことでは御坐いません。今朝がた、貴方の寢床のためにと思ひまして、葉末の露もまだ乾かぬうちに、濱麥《はまむぎ》の穗を摘《つ》んで置きました。あの山の紫紺に染まる頂《いただき》で、松鷄《らいてう》や蝦夷《えぞ》山鳥《やまどり》を鏃《やじり》にかけて血を流させたのも、網を張つて湖水の底を掬《すく》ひましたのも、それはみんな貴方の夕餐《ゆふげ》の席を賑《にぎ》はす爲めで御坐いました。」――「御親切は忝《かたじ》けないが、貴孃《あなた》が何と仰言いませうとも、それは何かのお間違ひではないでせうか。待ちもうけた客人と見違へられて御歡待を受けることは、私として出來ないことです。友に逸《はぐ》れ、乘馬を喪《うしな》ひ、あてもなく此方へ迷ひこんだのは、全く思ひがけない事でした。はからずも此の湖水の夢のやうな渚で、仙女かと思ふ貴孃《あなた》の姿を御見かけ致しました次第、この山間の靈氣に觸れたのは、眞實《ほんたう》に今日が始めてなのです。」

23

小舟を岸に寄せながら娘は答へて云つた、「今までカトリン湖の渚を御存知なかつたことは、御言葉の通りで御坐いませう。でも、アラン・ベインが――未來の幻《まぼろし》*ばかりを一心に眼を凝《こ》らして見つめてゐる白髮の老人が、貴方の御困窮《おこまり》の樣子を豫言しましたのは、つひ昨夜のことで御坐いました。連錢葦毛《れんぜんあしげ》の御乘馬が樺の林の山路で斃《たふ》れる有樣、貴方の御姿恰好、*リンカン染《ぞめ》の綠の獵服、金箔美々《ぴぴ》しい角笛の總《ふさ》飾り、反身《そりみ》の一刀の欛《つか》の造《こしらへ》、蒼鷺《あをさぎ》の羽根を一本挿《さ》した御帽子、黑一枚の恐ろしい獵犬二匹、そんなことまで瞭《はつき》り繪に畫く樣に豫言したのです。そして高貴な御方を御迎へするため、用意を整《ととの》へたがよいとまで申しました。私は大《たい》して信じませず、湖水をつたふ角笛の音を、私の父が吹いたものとばかり思つて居りました。」

24

見知らぬ騎士は微笑した――「嘘《うそ》を知らぬ年老ひた陰陽師《うらなひし》に、諸國遍歴の騎士參上と前觸《さきぶれ》されて、御館《やかた》に伺ひます以上には、どうしても伊達《だて》な役割も務めなければなりますまい。只一度でもおやさしい貴方の明眸の御眼鑑《おめがね》に適《かな》ひますためならば、如何な剛敵にも悦んで立向ひませう。先づ手始めに、夢の様なその小舟を漕いで波を乗切る仕事を私にお任せ下さい。」娘は、可笑しがりながらいたづらさうな笑ひを堪《こら》へて、慣れぬ業《わざ》に精出す騎士の有様を眺めてゐた。その高貴な手でオールを握つたことなど今迄一度も無いに違ひない。ただ力まかせに動かすオールの一と搔《かき》、一と搔につれて、すらすら湖水を滑る小舟の跡《あと》から、獵犬は頭を立てて泳ぎながら、鼻聲をならして蹤《つ》いて行つた。だんだん夕暗のせまる油の様な湖面に、きらきらとオールを光らせて、まだ幾度も波を搔《か》き散らさぬうちに、もう岩ばかりの小島に渡りつき、二人は渚に小舟を纜《もや》つた。

25

あたりの岸を眺め廻して見ても、いつぱいに密生する灌木ばかりで、人間の踏みならした小徑らしいものも見當らなかつた。しかし、この山の娘は人の氣付かないやうな登り路を案内して、もつれからむ叢林の中を曲りくねり、ちよつとした芝地へ出て行つた。其處には葉ずれの音も寂しい樺の木と、こんもり茂る柳の木が、地に屆く程枝を垂れ、まさかの時の隱家《かくれが》の爲にと、何樣《なにさま》かは知らぬが一族の頭領が建てたらしい粗末な假住居《かりずまひ》*さへあつたのだ。

26

相當手廣い構へなのだが、なかなか變つた建前《たてまへ》であつた。材料とて、どれも直ぐ其處らで見付かる立木《たちき》を手當り次第に伐つてきて、枝を下《を》ろし皮を剝《は》いだ白木を、手斧でざつと四角《かく》に削つただけのものであつた。長さを揃へた頑丈な柏と秦皮《とねりこ》の柱を組立てて壁の代りとし、練《ね》り合せた苔と粘土と木の葉とを塗りこんで、隙間風を塞《ふさ》いである。その上に輕い松材を細長く張り渡して垂《たる》木《き》に用ひ、屋根には赤銹《あかさび》色に刈乾《かりほ》した濱麥と燈心草とを葺《ふ》いてあつた。芝生に向ふ眞西《まにし》には、近くの山から伐り出した皮つきのままの樅《もみ》の柱を高く立てて、田舍風の玄關をしつらへてある。エレンが手づから植ゑ込んだ蔦《つた》や常春藤《きづた》や、「乙女の四阿《あづまや》」の異名を誇るぼたんづるや、カトリン湖を吹き拂ふ滲《し》みとほる様な寒風にも破《め》げぬ强健な蔓草《つるくさ》が、その柱に絡《から》みついてゐた。娘はちよつと玄關口に立止り、新來のこの騎士に向つて冗談のやうに言つた、「さあ、いよいよ魔性の住家《すみか》に御這入りになるのです。まづ神様と貴方の麗人との御加護を御祈りなさいませ。」

27

「いや、あなたの優しい御案内こそ、私の希望であり、天國であり、信頼なのです。」と云ひながら、一と足閾《しきゐ》を跨いだ時――突如、鏘然として怒る鐵刀の響――精悍な騎士の眉根《まゆね》もはつと一瞬險《けは》しく寄《よ》つたが、よく見れば、大鹿の角叉《つのまた》に無造作に投懸けてあつた鞘《さや》から拔けて、一振《ひとふり》の白刃《しらは》が床に落ちた音であつた。根もない要心をしたものだと、騎士は赤面したのである。この廣間の四方の壁には、戰爭や狩獵の勝利記念品《トロフイ》をいつぱいに懸け並べてあつた。楯、角笛、戰斧、獵槍、陣刀、弓矢の類があちこちに澤山ある。獵の記念の猪の首は牙を尖《とが》らし、狼は屠られた當時のままに白い齒をむきだしてゐる。山猫の斑《ぶち》の毛皮は、麋《おほじか》の角や野牛の角に懸け列《つら》ねてある。破れ汚《よご》れ、幾條かの黑ずんだ血痕さへ殘る大小の旗の數々《かず〱》、斑《まだら》の鹿皮、鳶色の鹿皮、眞白な鹿皮、河獺《かはうそ》の皮、海豹《あざらし》の皮、色々とり交ぜた有樣は、野趣滿々たる異樣な壁掛《タペストリイ》でもあるかの樣に、山莊の寂しい廣間を飾りたててゐた。

28

おどろき訝《あやし》みながら、騎士は周圍を見廻してゐたが、やがて、拔け落ちてゐた白刃を拾ひ上げた――この剛刀を握つて、ぐつと眞直に腕を延すほどの力持ちは、滅多にあるものではない。彼は青眼に構へて重さ加減を試《ため》してみたり、一と振り二た振りしてみながらかう云つた、「戰場で逞《たくま》しい腕力を揮《ふる》つて此んな剛刀を使ひこなす程の屈强《くつきやう》な人物は、私の知る限りでは只一人しかありません。」娘は嘆息し、そして微笑しながら答へた、「御目にとまりましたのは、家族の者達が賴りと思ふ勇士の帶劍で御坐います。この刀もその人に輕々と握られますと、まるで私が榛《はしばみ》の杖を扱ふ様でございます。と申しますのは私の父のことなのですが、父は身丈《みたけ》が高いので、*フェラガスやアスカバァトなどといふ巨人の代りを務めても恥しくない位で御坐います。しかし丁度その父が留守《るす》で居りませず、この巨人の館《やかた》は、只今、女達と年寄りの召使ばかりで御坐います。」

29

やがて現はれた館《やかた》の主婦は、もう相當の年頃の、淑《しと》やかな上品な貴婦人であつた。ものしづかな足取りといひ、氣品ある物腰といひ、王侯の宮廷に出しても見劣りはあるまいと思はれた。若きエレンは、世間並の姪以上の愛情を傾けて、母親に對する如くこの伯母に侍《かしづ》くのであつた。老貴婦人は歡迎の挨拶を述べ、接客の儀禮をつくして款待の意を表したけれども、姓名を訊ねるでもなく、門地を聞くでもなかつた。一體かうしたことは當時の習慣として客人饗應の禮儀とされてゐたので、不倶戴天の仇敵の館の酒宴に列しても、姓氏を聞きただされることもなく、宴果てての後に、恐るべき敵人の門を辭して無事に歸るといふ風であつた。だが、騎士は自ら名告つて云つた。「私はスノーダンの騎士、ジエイムズ・フイッツ＝ジエイムズと申す者です。所領といひましても瘠地に過ぎないのですが、それを護るためには、先祖代々雄々しくも打物《うちもの》取つて艱難を嘗《な》めつくしたのです。さうした動亂に*父は斃《たふ》れました。私も一身の權利を護るために、本意ならずも劍を拔かなければならなかつたことも度々で御坐いました。今朝程はマリ卿の一行に參加して、手強《てごは》い大鹿を狩《か》り立てましたが、獵友に逸《はぐ》れ、鹿を見失ひ、馬を乘り潰《つぶ》した揚句《あげく》、あてもなくこちらへ辿りついた次第です。」

30

こちらから名告り出た以上には、今度は向ふから、エレンの父親の氏《うぢ》素性を明かして貰ひたいと彼は望んでゐた。老貴婦人の身のこなしを見るにつけ、都住ひや宮廷生活に緣なき人とは思はれなかつたし、エレンの姿には山家育ちらしい純眞さが多分に現はれてはゐるものの、言葉使ひの端々《はしぐ》にも、素振りや顏貌《かほかたち》のそこここにも、名門の出《で》らしいところが看《み》られたのである。第一、身分卑しい人々の間には、こんな姿や擧動や氣持などある筈がない。騎士はそれとなく色々と謎《なぞ》をかけてみたけれど、老貴婦人マアガレットは輕々しく口を開かないし、エレンは無邪氣なはしやぎ方《かた》で、質問を外《そ》らして仕舞ふのであつた――「私達は魔女で御坐いますよ。私達の棲家は人里から遠く離れた谷や山にかくれて居りますの。大川の流れを堰《せ》き止めたり、大風に乘つて空を飛んだり、路に迷ふ騎士をたぶらかしたり、あれはみんな私達の仕業《しわざ》ですし、姿の見えぬ樂師が鳴らす琴の音に合せて、こんな魔の歌を唄つたり致しますのよ。」彼女は唄ひ始めた。成程、どこからともなく聞えてくる竪《たて》琴の旋律は、歌聲の途切れる毎に響き渡つた。

31

歌

「眠れ武夫《もののふ》　戰《いくさ》は果てぬ。
　寢醒めを知らぬ眠りに落ちよ。
戰《たたか》ひの野の夜々の見張りも
　命はかなき日々も忘れよ。
我が住む島の呪縛《じゆばく》の室《へや》に
　姿なき手は床をしつらへ、
妖《あや》しき樂の音色ひびきて
　汝《いまし》の五體の疲れを癒《いや》す。
眠れ武夫《もののふ》　戰は果てぬ。
戰ひの野の日々のつとめも
見張りせし夜の憂《う》さも忘れて、

寢醒めを知らぬ眠りに落ちよ。
鐙の音も　轡《くつわ》の音も、
　騎馬の宗徒《むねと》を召寄せて鳴る
喇叭の音も軍鼓の音も、
　すべて阿修羅の聲は聞えじ。
夜明とならば荒野の末に
　雲雀の聲は名告りいでなむ。
菅《すげ》の根洗ふ淸き河瀬に
　鷺《さぎ》も群れ居て鳴き響《とよも》さむ。
見張りの兵の誰何《すゐか》の聲なく、
轡《くつわ》を嚙んで嘶《いなな》く馬なく、
騎馬の宗徒の雄叫《をきけ》びもなく、
すべて阿修羅の聲は聞えじ。」

32

ここで彼女は間《ま》を置いて——それから頰を染めながら、今日の客人接待の意に代へようと考へて、しばらく、前の朗らかな調子のまま、やはらかな聲をつづけてゐたが、やがて口をついて出る一曲は、即興ながら律呂《ふし》も亂れぬ歌であつた。

　　歌のつづき

「眠れ獵夫《きつを》よ、狩は終りぬ。
眠りを誘《さそ》ふ呪縛《じゆばく》に醉へよ。
曉かけて陽《ひ》の昇る時
　起きよと告ぐる喇叭はあらじ。
眠れ、牡鹿は洞《ほら》にこもりぬ、
　眠れよ、犬は傍《かたはら》にあり。
眠れ、かなたの木蔭に
　斃《たふ》れし駒の夢を忘れよ。
眠れ獵夫《きつを》よ、狩は終りぬ。

さしのぼる陽《ひ》を思ひたまふな。
曉かけて起きよと響く
喇叭の音のあるべくもなし。』

33

廣間から家人は引退いた——山懐《ふところ》に育つ濱麥の穗を敷きならべ、客人の寢床はもうそこに延べられてあつた。これまでも數々の賓客が此處《ここ》に寢て、森の狩獵の夢を見たのであつたが、しかし今宵は湖の香氣に染みたヒースの花も假寢の枕邊に空しく匂ひを漂はせるばかり、エレンの呪縛の歌も、彼の落付かぬ胸をなだめて安らかに眠らせることは出來なかつた。とりとめもない夢は夢へと續き、危ないこと、辛《つ》らいこと、悲しいことの幻がさまざま浮んで來るのであつた。乘馬が茨の茂みに脚をとられて足掻きくるしむかと思へば、漕いで行く舟が湖水の波に沈んだりする。旌旗は慘として泥土に委し、身は敗將の恥辱を嘗《な》めるかと思へば、その次に——（この夜の夢の一番恐ろしい幻をば、全能の神よ、どうか私の寢床に近寄らせないで下さいませ）——青春の頃、人を信じていささかも疑はなかつた時代の色々な情景が現はれて、今はもう久しく遠ざかつてゐる舊友達と、また昔に立歸つて心の底を語り合ふのであつた。しかもその影の樣な幻の一列は、冷酷な友、不信の友、今は亡き友の姿ばかりではないか。それに、また、まるで昨日別れて來たばかりのやうに、彼等の手はあたたかく、その眼付さへ晴々《はれ〴〵》としてゐるではないか。自分は一體正氣なのか血迷つたのか、亡者の影や誓に背いた友の姿は、あれは正夢《まさゆめ》なのか、それともみんなとりとめもない幻影なのかと、彼は夢を見つづけながら疑の心に思ひ惑《まど》ふのであつた。

34

最後にみた夢は、エレンと一所に林の中を歩きながら、戀を打明ける自分の姿であつた。彼女は頰を染めながら、そして嘆息を洩らしながら、彼の熱烈な思慕の言葉を聞いてゐた。拒もうともせぬ彼女の手を握りしめた時に、我が手に觸れたのは冷めたい鎧の籠《こ》手であつた。エレンの幻影は消え失せて、磨き上げた兜を頭に載く一人の男と變り、いつとはなしに影がふくれて、たうとう巨人の姿になつて來た。何處やらエレンに似通《にかよ》ふ面差《おもざし》ではあつたが、暗い頰、睨み据ゑた兩眼、嚴《いか》めしくも凄《すさま》じい老人の形相であつた。——彼は目を醒し、恐ろしさに吐息をつきながら、今夜の幻影を次々に思ひ返してみるのであつた。煖爐に消え殘る餘燼《もえさし》はほのぐらい明りを投げ、部屋を飾る勝利記念品《トロフイ》の奇怪な影を朦朧と浮出してゐる。彼の目は、壁の高目《たかみ》に架《か》けてあるあの剛刀に吸ひ寄せられたまま動かなかつた。あれを思ひ、これを思ひ、消えては浮ぶ亂れ心は果しなく去來するのである。混迷する胸を鎮めたいものと、彼は遂に起上つて、淸らかな月の光を求めたのであつた。

35

野バラや野茨やエニシダは惜氣《をしげ》もなく花の香を散らし、樺はほのかな匂ひに包まれて枝を垂れ、白楊はしいんとした大氣の中に眠つてゐる。しづかに横はる湖には銀色の光がちらちら踊つてゐる。——この靜寂な月光を浴びたなら、餘程氣持の尖つた人でも、騒ぐ心もおさまるであらう——一夜の客となつた騎士は、しづまりかへる光に打たれて、沈思し默考したのであつた。「どちらを向いても追放に處したあの*一家の輩《やから》を思ひ出さずにはゐられない。遭遇《でくは》した山の娘の眼色には、*ダグラス卿に似通ふ面差しを感じないわけにはゆかないし、『高地《ハイランド》』の劔も一本や二本ではあるまいに、自分の眼に止まつたのは、ダグラス卿の強い腕に似合ひの差料だつたとは、一體どうしたことなのだ。その上、惡夢にうなされるかと思へば、それはみんなダグラス卿の夢なのだ。——もう夢を見まい、しつかりした男子は眠つてゐる最中でも意志の力をたてとほすものだから。さあ、夜の祈禱を捧げ、寢床へ戻つて熟睡《ねい》ることにしよう。」彼は黄金の珠數をつまぐりながら夜の祈禱を唱《とな》へ、一身の懊惱をすべて上天の神にまかせて、安らかな眠りに墮《を》ち、蝦夷山鳥《えぞやまどり》が裂帛の啼き聲をあげる頃まで、ベンヴェニュ山の頂《いただき》に曉の白らむ頃まで、昏々とねむりつづけた。

卷ノ二　島

1

夜明くれば蝦《え》夷《ゐ》山鳥《やまどり》は　黒羽根を啄《ついは》み揃へ、
朝なれば聲も朗《ほが》らに　紅雀《べにすずめ》啼きしきるなり。
たちかへる陽《ひ》影麗々《かげうらら》に　蘇《よみがえ》生る生命《いのち》の泉、
現世《うつしよ》に生きとし生ける　もの總て朝の氣を吸ふ。
鏡なす入江の波に　泛《うか》びつつ向《むか》ひの岸に
漕ぎ行くはかの旅人を　家路《いへぢ》にと乘せし小舟ぞ。
ふと聞けば琴に纏《もつ》れて　湖《みづうみ》をわたる歌聲。
髮白く老い惚《ほう》けたれ　琴彈《ひ》きのアラン・ベインは
朝明けのよろこび溢れ　おのづから歌ひいでたる。

2

歌

「漕ぎゆく舟の水棹《みさを》に散りて
　しぶきとぶ水泡《みなは》　あはれ儚《はかな》し。
漕ぎゆく舟の跡《あと》の一と條
水脈《みを》の光は波に立てども
　はかなく失《ち》せて湖《うみ》静かなり。
噫　思ひ出もはかなく消えて
往《い》にし昔の情《なさけ》を忘る。
さらば旅人　寂しき島を
去りて忘れて　汝《な》が幸《さち》に醉へ。

「入りては高き大臣《をとど》の榮《さかえ》、
　出《い》でては高き武將の譽《ほまれ》。

放鷹《たか》と獵犬《いぬ》とに狩をたのしみ、
荒武者集《つど》ふ演武競技《トーナメント》に
　姫の恩賞《おほめ》に與《あづ》かりたまへ。
護身の太刀を腰にとり佩《は》き、
誠心《まこと》に敦《あつ》き友と語らひ、
侍《かし》づく妻の操を賞《め》でて、
寂しき島を忘れたまへよ。

3

「されど彼方の南の國に
　縞《しま》の衣の旅人ありて、
その頰窪《くぼ》み　眼は濁りつつ、
顔うなだれて　吐息ながらに、
　『高地』の鄕《さと》を慕ひ嘆けば、
噫　武夫《もののふ》よ、さまよひ人の

悲しき胸をなだめ鎭めよ。
踏み迷ひたる山路の果に
假寢結びし寂しき島の
一と夜の幸《さち》を偲びがてらに。

「人の世の波　逆《さか》まき荒れて、
　賴む綱手の斷ち切れし時、
賴む誠心《まこと》も智慧も劍《つるぎ》も
噫　仇《あだ》なりや、身は情《つ》れなくも
　尾羽うち枯らす流浪の旅に、
隔《さか》りて遠き宮居《みやゐ》の友の
冷めたき胸を嘆き暮さず、
憂ひを分つ流謫《たつ》の友を
寂しき島に訪ね來ませよ。」

4

波間《なみま》をつたふ歌聲が絶える時、小舟は向ふの岸に着いた。旅の騎士は歸り路を急がうとしたが、名殘りを惜んで島の濱邊を振返へると、老樂師の姿が歴々《ありあり》と見えたのである。卽興の詩情に浸りきつた老翁は、自分と同じ様に枯れ衰へた老木の幹にもたれ、皺疊《しはだた》む額を擧げてじつと大空をふり仰いでゐる。昇る朝日にふれて靈感の火花を受けようとしてゐるのであらう。琴の絃の上に休む指は、感動の炎の燃えつくのを逃すまいと、待ち構へてゐるのであらう。丁度、罪の宣告を今か今かと待ちうける者のやうに、身じろぎもしないで坐つてゐる。吹く微風さへ遠慮して、眞白な髮の毛一筋《ひとすぢ》さへ搖らうともせず、竪琴の終りの音と共にその命まで消え去つたかと思はれる程、寂然たる姿であつた。

5

老翁の傍の地衣《こけ》蒸《む》した荒岩の上に坐つたままエレンは微笑してゐた、——連れてゐるスパニイル犬が、*獲物に手の屆かないのに焦《じ》れて岸で吠えたてるのもかまはずに、威勢のよい雄鴨が一列の手勢を引具して悠々と湖心を渡る恰好を見て、思はず微笑したのであらうか——それにしても彼女の頬がバラ色に染まつたのはどうしたのだらう。それが解る娘さんが何處かに居るなら私に敎へていただきたい。多分――『貞節』よ、私の想像を怒らないで下さい――エレンは、別れゆく騎士が、諦らめ切れぬままに、進まぬ足を又しても止めてはふりかへり、惜別の手を振り振りするのを眺めて微笑したのではあるまいか。美くしい貴女達よ、私の書く麗人のはしたなさを責める前に、我が明眸に魅せられた男性をにくらしく思ふ女性があるかないか、敎へて貰ひませう。

6

騎士がまだ岸邊を去りやらぬ間、エレンは氣にも止めぬ風情《ふぜい》であつたが、いよいよ彼が樹がくれの路にさしかかつた時、始めて心を籠めた別れの合圖を送つたのである。――演武競技場《トーナメント》で、お髮《ぐし》に寶玉を鏤《ちりは》めた目もさめるやうな美くしい貴女の手から、名譽の賞を授かる時よりも、あのさりげない無言の別れの挨拶を受けた時の方が、どれだけ胸の鼓動を覺えたかわからないと、騎士は後々《のちく》よく人に述懷したものだ――忠實《まめ》忠實《まめ》しい山案内人に導かれ、黒毛の鹿犬*を從へて、騎士は別れて行つた。娘はまだ呆然《ぼんやり》と、丘の裾をゆつくり折れて行く騎士を見送つてゐたが、恰幅《かつぷく》のよい彼の姿がすつかり隱れてしまつた時に、彼女の心の奥に棲む良心がきつく痛んできた。―

―「私にはマルコム樣といふ御方がありながら、この私はほんとに仇な女、氣儘な女でありました。マルコム樣は、南國の女が甘い言葉を御きかせしても、こんなに夢中には御なりになるまい。あの人は私より外の女の足付を凝《じつ》と見詰める樣なことは決してなさるまい。――これ、眼を醒しなさい、アラン、ベイン、」彼女は傍の老樂師に聲をかけた、――「ふさぎ込んだ樣な夢から眼を醒しておくれ。お前の竪琴の曲に、勇ましい歌の題を出してあげませう。そして高貴な御方の名前を云つて、お前の歌心《うたごころ》を興《おこ》してあげる。ほら、*グレイム卿の譽《ほまれ》を歌にしてごらん。」そのグレイム卿といふ言葉が口から出ると同時に、はつとして彼女は眞赤になつた。なぜなら、若きマルコム・グレイムとは、男も女も口を揃へて、一族の花と誇る青年であつたから。

7

樂師は竪琴の絃を彈《はじ》いて――あの名高い軍歌の諧音《コード》を三度迄搔き鳴らしてみたけれど、その壯烈きはまる昂然たる音調が、何うしたことかその度に陰慘な呟《つぶや》きとなつて消えてゆくのであつた。「お孃樣、お命令《いひつけ》では御坐いますが」と萎《しな》びた兩手を握りしめながら老人は言つた、「今まで、御言葉に背いたことのないこの爺《ちい》でございますが、今日だけはなんとも御命令《いひつけ》通りに致しかねます。あゝ竪琴の絃を搔き鳴らしたのは私ではない、私などの及びもつかぬ強い手の仕業《しわざ》でございました。私は歡喜の調を奏《ひ》いたのに、指に應じて響く音は哀悼の低音ばかりです。凱旋兵士の歩調に合はせる勇壯な行進曲の一節も、死者を葬《とむら》ふ嘆きの歌となつて消えてゆきます。琴の音の打沈んだ挽歌の調子が、只私一人の吉凶を卜して鳴るのなら、何も申すことはございません。音樂の道の祖先達が言ひ殘した通り、その昔*モダン尊者が彈《だん》じたまうたと傳へられるこの竪琴が、かうして彈《ひ》き手の運命を豫言する通力《つうりき》を持つてゐるのなら、私は何時でも、樂人追悼の葬送曲をよろこんで迎へませう。

8

「噫　然しお孃樣、あなたの御母上がお喪《な》くなりになる前の晩にも、この竪琴はこんな悲しい音をたてました。それにダグラス御一家の皆樣が追放の憂目《うきめ》に遭はれて、生れの國から逐はれなさいました少し前にも、私が軍歌かそれとも戀の歌を彈かうとした時に、この竪琴は私の指のいふことを聽かないで、今日の樣な音色を出して彈《ひ》き手の私をさへおどろかせ、且つは盛大な御酒宴の興を妨げ、旗差物を掛け列らねた*ボズウェル城中の大廣間に、慟哭するやうな聲を響かせたので御坐いました。あゝ　この絶望を訴へる音調の中に、もしも、御主家を待ち受けるもつと悲しい災難か、それともお美くしいエレン孃樣の御不幸を孕む凶兆が、もしや籠つてゐるならば、後の世の樂人共に、凱旋の曲や歡喜の歌を此の竪琴で彈かせたくはありません。今度こそ、深い悲しみを籠めた調子がすこしでも流れ出たら最後、可哀想でもこの竪琴を粉微塵に打碎いて、私は淵に身を投げて死ぬばかりで御坐います。」

9

エレンは宥める樣に言つた――「年寄《としより》にありがちな心配で胸を亂さないでおくれ。『低地《ローランド》』の平野から『高地《ハイランド》』の谷間まで、南の果《はて》の＊トイード河から北の果のスペイ河まで、蘇格蘭《スコツトランド》の國中の琴の曲や笛の節《ふし》を、みんな知り悉《つく》してゐるお前のことだもの――記憶の底にもつれてゐる思ひがけない音曲が、彈《ひ》く氣もないのに流れ出て來て、軍歌の調子と葬送曲とが交《まざ》り合ふ位のことは、別に驚くにも當るまいに、――前々《さきざき》の心配の種になるやうな事は現在何も無いではないか。世を離れて山に埋れてゐるとはいひながら、私達は安らかに暮してゐます。お父樣は城主の身分も領地も位もお棄になつたけれど、運命に弄《もてあそ》ばれながらも流石に生れついた人徳はお捨てになりません。あそこの柏の綺麗な木の葉は嵐にもぎ取られてしまつても、立派な幹《みき》は何んともないのと同じことなのです。私なんか」――彼女は屈《かが》んであたりを探し、靑い風鈴草を一本摘《つ》取つて――「私なんか、華やかな昔の月日の覺えも殆どないのだもの、草原を好むこの可憐な野の花が、私には丁度似合ひの徽章《エンブレム》でせうよ。帝王の御苑に咲き盛るバラと變りなく、この花も天の惠みの露をうれしさうに吸ふのです。アランや、この花を私の髮に挿《さ》したなら、きつと世間の樂師は、こんな見事な花の冠はまだ見たことがないと言ふでせうよ。」さう言ひながら、冗談のやうに、エレンはふさ〳〵した黑髮にその野の花の冠を飾つて微笑《ほゝゑ》んだ。

10

人の心を魅了するその微笑と言葉とは、老樂師の憂鬱を散らして仕舞つた。天降《あまくだ》る天使の膝下に蹲《うづくま》つて悲しみを慰められた有德の隱者が、ふり仰ぐ時の顏はかうもあらうか、老樂師は凝《じ》つとエレンを見上げてゐたが、姬君を且つは憐れとも思ひ、且つは吾が誇りとも思ふあまりに、つひ熱い涙にくれながら答へて言つた。「美くしくも心やさしいお孃樣。どんな御身分と家門の名譽をお失《な》くしなされたかを、あなたは少しも御存知ないのです。あゝ出來ることなら永生《ながいき》して、あなた樣が蘇格蘭《スコツトランド》の宮廷で、生れながらの御席に着かれ、御所の夜宴の時には、私が何時も御賞め申し上げるお孃樣の御足《おみあし》が一際《ひときは》すぐれてひらひら御舞ひになる有樣を、この目で見たいものと存じます。*「眞赤な心臟」の紋章《もんどころ》を謳《うた》はれるダグラス一家の姬君として、若公卿《くげ》達の憧憬の的となり、萬人の目を集める明星となり、樂人達の歌の題ともなられます其の日の來るまで、爺《ぢい》も永生したくてなりませぬ。」

11

「それはみんな夢物語ですよ」とエレンは叫んだ（氣輕な口調ではあつたが流石に嘆息を洩しながら）「私はこの苔蒸す岩を華麗《きらびやか》な椅子や天蓋《キアノピイ》同樣に思つてゐます。宮中の舞踏會よりも陽氣な田舍踊の方が私の足に彈《はずみ》がつくし、王樣御抱《かか》への伶人達よりもお前の音樂の方がどれだけ私の耳を喜ばしてくれるか知れないよ。私の眼色に心を奪はれて若殿原が言ひ寄るなどとお前はいふが——口のうまいこと——あの物凄いロデリック卿でさへ私の眼の魅力は充分御承知だとでも言ひたいのかい——さうね、*サクソン人を打懲《こ》らす鞭《むち》とも云はれ、*アルパイン一族の誇とも云はれ、ロモンド湖畔の鬼とも云はれるあの方《かた》でさへ、私が御願ひすればレノクス地方の掠奪を延期して下さるでせうよ——一日ぐらゐね。」——

12

老樂師は喜びの色をかくして答へた、「それは冗談で濟《す》まされるお話では御坐いません。この西國の荒野の隅々を探しても、*黒鬼ロデリック樣の御名前を笑ひながら口にする者は一人も居りませぬぞ。*ホリイ・ルード宮殿であの方は一人の騎士を刺し殺されたことがあります。傍若無人の殺戮者が死骸から拔いたばかりの短刀を引提《ひつさ》げて大胯に進まれますと、立塞《たちふさ》がる者もなく、廷臣達が道を開《あ》けてお通し申した有樣を、爺《ぢい》はこの眼で見たので御坐います。それ以來追放の刑に處せられながら、山國の御領地を腕一本でしつかり固めておいでになるのです。――あゝ、いやいやながら眞實《ほんたう》のことを申し上げますが――御主人ダグラス卿が、仲間外れの*傷ついた鹿の樣に、同僚の貴族達に見向きもされぬ今日になつて、粗末とはいへ此の樣な避難家《かくれが》だけでも與へて呉れる人が、一體あの方以外にありませうか。私達の安否は、偏《ひとへ》にあの殺伐な匪首の命懸けの御庇護によるのです。そろそろお孃樣もお美くしく御成人なされましたので、あの方は報酬としてお孃樣との御緣組を御所望で御坐います。間もなく羅馬法王からの許狀《ゆるしじやう》*も到着することでせうから、御婚姻を兎や角申す筋合も無くなりませう。さうなりましたならば、假令《たとひ》山の中に隱れた流《る》人とは申しながら、御父上樣は何時迄もダグラス卿として敬《うやま》ひ畏れられることで御坐いませう。ロデリック樣はたいへんお孃樣に御執心の模樣で御坐いますから、いかに恐ろしい一門の頭目とはいへ、あなた樣は絹絲一本で御意のままに操《あやつ》ることも御出來になれます。しかしお孃樣、笑ひごとでは御坐いませぬぞ、あなたは獅子の鬣《たてがみ》に手を載《の》せてゐられるのです。」――

13 「琴弾《ひ》きの爺《ぢい》や」と答へる娘の瞳《ひとみ》には父親譲《ゆづ》りの凛とした氣象が閃いてゐた、「ロデリック御一家の御恩を私も知らぬわけではありません。お母さんもなく、荒野を流浪してゐた幼《おさな》い頃から、マアガレット様には親身の母も及ばぬ御世話になりました。伯母様は姪の私を可哀想に覺召《おぼしめ》したのでせう。その上、勇ましい一族の頭目と仰がれる、あの伯母様の御世嗣《よつぎ》ロデリック様が、蘇格《スコット》蘭《ランド》の王の逆鱗に觸れた私のお父様を庇護《かくま》つて下さるのですもの、尙《なほ》のこと有難いとも忝けないとも思つて居ります。私の生血《いきち》で御恩返しが出來るものならいいのだけれど。アランや、私の血も私の命も、ロデリック様が呉れと仰言《おつしや》れば否《いや》とは言へますまい――しかしお嫁にと望まれてもそれはいけない。愛することの出來ない御方の所へ御嫁入する位なら、このエレン・ダグラスはマ*ロナンの僧房で尼になつて仕舞ふか、それとも、蘇格蘭《スコットランド》の言葉もダグラスといふ家の名も一切《さい》聞けないやうな、海を隔てた遠い國々を渡り歩いて、冷やかな世間の人に袖乞ひしながら、寄邊《よるべ》も
14 ない巡禮に成り果てて仕舞ひます。

「お前は白髪頭《しらが》を横にふつて――何か抗《さか》らひたい樣な顏付をしますね、それが何んのことだか私には解つてゐますよ――そりや、あの方は勇敢に違ひない。だが鳴り響くブラックリンの瀧つ瀨の樣な亂暴さをどうしよう。あの方には寛大な氣持もありませう、――しかし復讐心に驅られたり激しい嫉妬に燒かれたりして、かつと逆上《いか》なさる事も度々です。あの方が友情に敦《あつ》いことも知つてゐます、お持ちになる兩刃《は》の剛刀に狂ひがない樣にね。でもその銘刀でさへ敵に對してあの方ほど慘酷ではありませんよ。成程あの方は鷹揚でゐらつしやる。分捕品を惜氣もなく一族郎黨に呉れておしまひになるのですからね。しかし一門の人々が湖水や谷間をつたつて歸つて來る時には、荒された『低地《ローランド》』の何處かの幸福だつた村里が、見る影もなく血塗れの灰の山になつてゐるのです。お父樣のために戰つてくださつたのだもの、娘の私はその方の手を尊敬しないではいられません。だが、住家の中で虐殺された百姓達の眞赤な血がぬらぬらしてゐるあの方の手を、私はどうしても握る氣になれないのです。立派な御心持が時たま氣まぐれに閃めくこともあるけれど、眞夜中の闇空《やみ》に光る稻妻の樣に、激しい氣性を一層くらい恐ろしいものに思はせ、荒い氣質をますます引立たせるばかりです。私がまだ幼い子供であつた頃――子供といふものは、誰に敎へて貰はないでも、敵と味方との見分けがつくものですが――あの方の暗い眼付や黑味がかつた縞の着物や帽子に飾つた黑鷲の羽根などを見て、恐ろしさに慄へたものでした。一人前の娘になつた今頃では、あの方の傲慢で横柄な様子や恰好が、見るのも厭になりました。さういふロデリック様が、私をお嫁にお望みになつてもよいなどと、お前までが眞面目に云ふのだもの、私は身ぶるひする程悲しくなります。いいえ、ダグラス家に生れた者は恐れといふ字は知らぬ筈なのに、私は身ぶるひする程恐ろしくなるのです。こんな嫌《いや》な話は止《よ》した方がいい。ねー、昨晩の御客様をお前どう思ふ。」――

15

「あの客人をどう思ふかと御尋ねですか――あのやうな旅人が私達の島へ舞ひ込んできたことは縁起《えんぎ》でも御坐いません。お父上様の御佩劒《はかせ》は、その昔、三代目の御先祖にあたるタイン・マン伯*爵のために魔術の力で鍛《う》つた銘刀で御坐います。三代様がホットスパア殿*下の弓兵隊と御和解あり、御支配の國境守備の槍兵を率ひて合體なされた頃のこと、ある時あの靈劒がひとりでに鞘《さや》走《はし》つて、敵方《てきがた》の 忍　者《しのびのもの》がひそかに近づくことを御知らせしたと申します。昨夜宿泊しました者が、もしや蘇格蘭《スコットランド》王の命を受けた間者《かんじゃ》であつたとしますれば、ダグラスの御前《ごぜん》様にとりましても、又昔からアルパイン一族の最後の根城とも隱れ家とも思はれてゐた此の島にとりましても、なかなか心配なことで御坐います。いや、間者でも敵方でもないと致しましても、嫉妬深いロデリック様が何と仰せになるでせうか。——なんでもないと言はぬばかりに御頭《おつむ》をおふりなさいますが、何時ぞや*ベルテインの御祭禮で、お孃樣がマルコム・グレイム樣と手に手をとつて踊りの音頭《おんど》をお取りなすつた時、ロデリック樣とマルコム樣との間にどんな激しい悶着が起りましたか、よもや御忘れでは御坐いますまい。御父上樣の御盡力で一旦は仲直りなされましたが、ロデリック樣の胸の奥には、まだ釋《と》けぬ怨みが燃えておりませう。隨分と御用心なさいませよ、——おや、お聞き遊ばせ、あれは何の音でございませう。老ぼれた私の耳には途切れ途切れの微風の音も聞えませず、枝垂れた樺も白楊も葉ずれの音を立てませず、湖には小波も寄りませず、ふわふわ白い綿菅《わたすげ》もそよぎませぬが、何か物音のしましたことは金輪際《こんりんざい》間違ひでは——あれ、また聞えます、どうやら、遠方で吹き鳴らす軍笛《いくさぶえ》の勇ましい軍歌の音かと思はれます。」

16

蜒々とうねる湖面の遥か向ふに、四つの黒點が見え始めたが、近づいてくるにつれて段々大きくなり、四艘の帆かけ舟の影となつて來た。グレンガイルからこちらの孤島をめざして一路南下してくるらしい。ブライアンコイルの突角を廻つて風上に進路を轉じた時に、『松』の紋章を染め出した勇士ロデリック卿の軍旗が、朝日を受けて燦然とひるがへり、いよいよ近くなつてくると、大槍、手槍、戰斧などの穗が高く閃めいてゐるのが見えだした。派手な市松の着物や、格子縞の外套《マント》や、帽子に飾つた鳥の羽根が風をはらんでひらひらしてゐる。頑丈造りの櫂《オール》を握つて無二無三に漕ぎまくる漕手《こぎて》の帽子は高くなり低くなり、一と掻《かき》一と掻の激しさに、とびちる飛沫《しぶき》は光る水煙をたててゐる。舳《へさき》に突立つ風笛手《ふえふき》の意氣昂然たる姿はどうだ、舟は湖を蹴つて疾走し、笛は昔ながらの『高地《ハイランド》』の曲を吹きしきり、笛に結んだ飾リボンは長く垂れて、立騒ぐ波頭《なみがしら》を拂つてゐる。

17

ますます近づいて來るのにつれて、勇壯な軍歌はいよいよ高く鳴り響いた。最初のうちは遠く離れてゐた爲に、激しい音もやはらかく薄《うす》れて靜かな響を湖上に傳へ、嫋々たる餘韻を入江や岬に送つてゐたが、今や、耳を刺して鳴りわたる鋭い調子をよく聞けば、家門の古きを誇るアルパイン一族が、いざ戰にと一族郎黨を召し寄せる『非常呼集之曲』であつた。續けさまに吹く急調子は、戰ひの合圖と知つて馳せつける數百騎の精兵が、大地をとどろと踏みならして山谷を震撼する有樣を敍してゐる。次に始まる輕快な序樂は、賑々《にぎにぎ》しい出陣の行進曲となり、いよいよ火蓋《ぶた》を切る光景となつて來ると、入亂れる雄叫び、鋭い叫喚、喇叭《ラッパ》の響、切り込む太刀風、受け止める鍔《つば》音、がつと楯を打つ刃音などが織込んでであつた。呻く樣な聲を殘したまま暫《しばら》く間《ま》を置いて、又盛返す急調は、再度の接戰の敍景となる。ひた押しの突擊、亂れた隊伍を集める聲、敗色《まけ》だつてどつと潰亂する敵の軍勢、アルパイン族の勝利を告げる勝鬨《かちどき》の響――すべてあますところなく一曲中に畫きつくしてあつた。まだ此處が終曲ではなくて、高々と勝利を祝ふ萬雷の聲は一轉して咽《むせ》ぶ樣な低音を奏しつづけ、戰沒者追悼の悲愁を極むる一聯を以て終るのであつた。

18

軍歌は止《や》み、まだ頻《しきり》と反響をつたへてゐた湖水も山もたうとう靜まりかへつたと思ふ時、突然荒々しい聲で歌ひだされた折返へしの一句につれて、あちらこちらに屯《たむろ》する無數の一族郎黨が、頭目の頌歌を高々と歌ひ始めた。漕手は、一伸一屈、懸命に操《あやつ》る櫂《オール》の調子に合せて、師走《しはす》の風が裸《はだか》の梢にふきしきる樣な荒くれた節《ふし》廻しで折返へし唄を歌ひつづける。アランの耳に最初に聽取《ききと》れたのは、「アルパインの後裔のロデリック、ほう、いよう」といふ折返へしの一句だけであつたが、いよいよ近く漕ぎ寄せるのにつれて、軍歌の節もはつきりして來た。

19

舟唄

壽《ことほ》げよ　わが君は　戰ひに　勝ちたまふ
常磐《ときは》木《ぎ》の　松の葉に　榮えあれ　惠みあれ
ひらめける　君が旗　松の木の　紋章《もんどころ》
葉ぞ茂れ　わが氏族《うぢ》の　譽れなり　護《まも》りなり
　空よりは　露を受け
　地《つち》よりは　水を吸ひ
芽《め》さわに　萠えいでて　高上枝《たかみづえ》　生《を》ひ延びよ
　『高地《ハイランド》』　谷數多《あまた》
　諸聲《もろごゑ》に　唱《との》ふるは
『アルパインの　後裔の　黑鬼の　ロデリック
　　　　　　　　　　　　　ほう、いいよう』

春されば　花咲けど　多なれば　うつろへる
水の邊《へ》に　生ひたちし　幼《をさ》な木を　われ採《と》らじ

旋風《つむじかぜ》　ひたに吹き　山の樹々　葉は散れど
松の木の　葉蔭にて　榮ゆるは　アルパイン
　岩の間《ま》を　踏みしめて
　嵐にも　さゆらがず
いや吹けど　松の木は　いや固く　根こそ張れ
　メンチイス*　ブレドルビン
　野に山に　響けるは
『アルパインの　後裔の　黒鬼の　ロデリック
　　　　　　　　　ほう、いいよう』

20

唄のつづき*

わが氏族《うち》の　軍歌《いくさうた》　鳴り渡る　フルウイン
攻めよせる　喊聲《ときのこゑ》　バノカアは　呻《うめ》きたり
ロス・デュウと　ラスの谷　燒け亡び　煙たち

ロモンドの　湖《うみ》護る　益荒雄《ますらを》も　斃《たふ》れたり
　寡婦《やもめ》*らと　乙女たち
　何時までも　歎きつつ
アルパインの　名を聞けば　恐れつつ　悲しまむ
　レノクスも　リイブンも
　わが唄に　戰慄《をのの》かむ
『アルパインの　後裔の　黑鬼の　ロデリック
　　　　　　　　　　ほう、いいよう』

漕げよ漕げ　氏人《うぢびと》よ　『高地《ハイラン》』人《ダア》　名を惜しめ
櫂《かひ》とりて　漕ぎ進め　常磐《ときは》木《ぎ》の　松のため
かの島に　香《か》ぞ匂ふ　蕾《つぼみ》せる　バラの花
松の木に　蔓《つる》を捲き　花の環《わ》を　たてまつれ
　その幹に　ふさはしき
　稚苗《をさななえ》　實《み》生《はえ》して

蔭深き　枝の下《もと》　幸多く　延びむ時
　アルパイン　氏人《うぢびと》は
　谷間より　聲擧げむ
『アルパインの　後裔の　黒鬼の　ロデリック
　　　　　　　　　　　　　　　いいほう、いいよう』

21

悦びに溢れた女性《によしやう》の一群を引連れて、貴夫人マアガレットは岸邊にと出て行つた。女達は吹く風に髮の毛をなびかせながら歡呼の聲を張り擧げ、眞白な手をふりかざしながら折返へし句を唱和して、頭目の名を呼びたててゐた。伜《せがれ》の胸に燃える戀ひ心を、どうにかして一刻も早く悦ばせてやりたいものと、流石母親の夫人は、從兄《いとこ》のおいでではないか岸に出て來なさいと、エレンを呼びたてた、「ぐづぐづしてゐないで早くおいで。ダグラス家の娘に生れながら、凱旋將軍の額《ひたひ》に花環を捧げ澁《しぶ》るとは何とした事です。」——呼ばれたエレンは、いやいやながら進まぬ足を向けようとしたが、丁度その時、かすかに遠い角笛《つのぶえ》の音を聞きつけて、途中から大急ぎに道を外《そ》れて——「アランや、きこえましたか、向ふ岸から響いてくるのは、お父樣の合圖の呼子《よびこ》だよ。私達は直ぐ小舟を出して、あの山の麓からお父様をお連れ歸りしなくては」と叫びながら、射しわたる日光の樣な勢で自分の小舟に飛び込んだ。ロデリックが戀しいエレンの姿を求めて、母親のお件《とも》の女達を一心に見廻してゐる頃、彼女は遠く小島を離れ、もう向ひの入江に著《つ》いてゐた。

22

　人の子にも、地上のものと思へぬ程清淨潔白な天與の美質があるものだ。煩惱の穢《けが》れに染まぬ涙、天使の頰をつたつても跡を汚《よご》さぬ清い涙、玉と澄み露と流れる尊い涙が若《も》しあるならば、それは敬虔な父親が孝心の深い娘の頭《つむり》を濡らす涙であらうか。今、ダグラス卿が可愛いエレンを胸に抱き寄せ、さすがに猛《たけ》き武夫《もののふ》ながら、娘の髪に落した涙は、さういふ神聖な涙であつた。父を迎へるあまりの嬉しさに胸一杯になつた娘は、急には言葉も出なかつたし、傍《そば》にも寄らず遠慮(愛情の證左《しるし》だ)勝《か》ちに差控へてゐる高雅な青年の姿にも氣が付かなかつた。父が青年の名を呼ぶ聲を聞いて吾《われ》に歸ると、その青年こそ愛人マルコム・グレイムではなかつたか。

23

　アランはロデリックが島に上陸する光景を遙かに眺めて深い物思ひに沈み、我が主人に氣の毒さうな眼を向けたり、頭目御上陸の威儀堂々たる有様を見詰めたりしてゐたが、老眼に溢れ來る不覺の涙を慌《あわ》ててこすつて拂ひのけた。その時ダグラスはマルコムの肩に手を掛けて優《やさ》しく言つた、「私の哀れな家來の眼に光る涙を見ても、君は別に理《わけ》が解らないだらうが、まあ聞きたまへ、――彼《あれ》は昔の事を思ひ出してゐるのです。血を流して分捕つた＊パアシイ家のノーマン軍旗を前に押立て、騎士達を――その末席の者でも、あの頭目位《ぐらゐ》の格式を持つてゐたが――二十人も後ろに從へて、華々《はなばな》しく私が凱旋＊した時のことを思ひ出してゐるのです。彼《あれ》は當時樂長職に就いてゐたものですから、唱和する數多《あまた》の樂人を引連れて、ボズウェル城の大手《おほて》の門の樓上に立ち上り、この私のための頌歌の音頭取りをやつたのでした。あの時は敵方の誇る弦月旗＊も虧《か》け挫《くじ》けて軍門に下り、私の行列には城主や騎士も扈從するし、＊ブランタイア寺院では一番ありがたい讃美歌を唱へて、ボズウェル城中の樂隊の頌歌と相應じたものだつたが。しかしマルコム君、實を言ふと、あの歩武堂々たる行進よりも、この老人の無言の涙と、この可憐な少女の厚い孝心の方が、どれだけ私の譽れであるかわからない。華《はなや》かだつた當時に受けたどの歡迎よりも、かうした出迎の方が、どれだけ優しい誠心《まごころ》に滿ちてゐることか。いや、子供の自慢噺《はなし》をして濟まなかつたが、實際私が失《うしな》つた總てのものも、これに比べれば全く物の數《かず》でもありませんよ。」

24

聞くも嬉しい讚辭を受けた內氣のエレンは、露を帶びて一と際《きは》照り映《は》える夏バラの樣に赤くなつた。無理もないことだ、話すのが父で、聞くのは戀人マルコムなのだから。恥しくも嬉しい顔の紅潮を見せまいと、彼女は獵犬や鷹の方に氣をとられたやうな素振りをしてゐた。犬は蹲《しやが》んだり鼻聲をたてたりして彼女の愛撫に答へ、鷹は口笛を聞くと、彼女の手に棲《とま》つて黑い翼を疊み、險《けは》しい眼を和《やは》らげ、目隱頭巾《めかくしづきん》も被《かぶ》せてないのに、日頃から好きなこの席から飛立たうとはしなかつた。神話にある森の精ダイアナの樣な彼女の姿は、美くしくもあり立派でもあり、いかに父親が子煩惱《こぼんのう》の贔負目《ひいきめ》から少々讚めすぎたかも知れないが、もすこし正確な天秤《はかり》にかけ直してみることは、切々の胸の思ひを籠めてそつとエレンを盜み見するこの愛人にとつては、到底出來ないことであつたらう。

25

マルコム・グレイムの體格は、丈《たけ》高くすらりとしてゐるがきりりと引締つてゐた。腰のところを革帶《ベルト》で絞《しぼ》つた縞羅紗のマントと市松模樣の長靴下とで又とない樣な立派な手足を包み、光澤《つや》ののよい亞麻色の捲毛が靑い帽子の下にうねつてゐた。狩獵に鍛《きた》へられた銳い眼光は雪にかくれた＊松鷄《らいてう》を見付けることが出來たし、レノクスからメンチースにかけては、山徑《みち》も湖水づたひの路も野原の道も、知らない間道が無い位であつた。マルコムが弓弦を鳴らして放つ矢には、疾走する焦茶色の牝鹿も斃れ、又鹿が恐怖のあまりに風を切つて逃げ出しても、足の速いこの山の靑年を引離すことは難《むつか》しい程である。ベン・ロモンド山を駈け登つても息切れ一つするでもない頑健さであつた。その氣象も體格そつくりで、活潑で熱烈で率直で親切であつた。エレンと相知つて以來、始めて戀の煩《わづら》ひに憔悴してはゐるが、元來の氣質《きだて》は風に踊る兜の羽根飾のやうに、此の上なく快活なのである。その上、惡を憎み義を好む彼の人格を熟知する親友達や、古傳說を聞いて悲憤慷慨する時のその顏付を見慣れた樂人達が言ふことには、この靑年が成人しきつた時こそ、黑鬼ロデリックの雷名も山中第一の席を永くは保《たも》ち得ずして、マルコム・グレイムの名聲に讓るであらうと。

26

漕ぎ歸る湖上でエレンは言つた、「お父樣、なぜ遠くの方まで深入りして狩をなさるの。なぜこんなに御歸りが遲くなつたの。それに、なぜ」――彼女はその次の言葉を、意味ありげな眼色で語つた。「娘や、俺《わし》が何處迄も分け入つて狩をするのはね、これが勇壯な戰爭の眞似事だからだよ。この勇ましい遊獵まで取上げられてしまふと、ダグラス家の祖先傳來の遺物が、それですつかり無くなるわけだからね。俺《わし》が東へ東へと深く分入つた時、グレンフィンラスの森蔭でこのマルコム君に出遭つたのだが、そこらを俺がうろつくのは危險なことだつた。なにしろ狩人や騎馬の者達がそこらあたりに出沒してゐたからね。ところがマルコム君は、まだ王樣の御後見を受けてゐる御若年《じやくねん》であるのに、一命と領地とを賭して俺《わし》を護衞して下され、うまく追跡をまいて森の中の間道づたひに案内してくださつたのだ。だから俺《わし》の爲だと思つて、ロデリックも昔の怨《うら》みを水に流して此の方を歡迎して呉れなければ困る。まあ、その上で、ストラス・エンドリックの谷の方へ御出になつて戴く積りでゐる。俺《わし》のおかげで、この方が危い目に遭ふ樣なことがあつては相濟まんからね。」

27

迎へに出て來たロデリック卿は、マルコム・グレイムの姿を認めて、嚇《かつ》となつたけれど、物腰も丁重だつたし、挨拶にも顏色にも、應對の禮儀を缺く樣な振舞ひを見せなかつた。朝中《じゆう》、物語や遊戲に打興じて時間を消してゐたが、丁度お晝の頃、輕裝の急使が一人やつて來て、何事かロデリックと密談して歸つて行つた。ロデリックの表情が陰鬱になつて來たので、さつきの急報が凶報であることはみんなにも直ぐ判斷できた。彼は深く思ひ惱んでゐる樣子であつたが、ひとまづ晩餐も終つた後で、母やダグラスやグレイム卿、それにエレンまで煖爐のまはりに集つて貰つた。香しからぬ報告をどういふ文句で上手に話したらよからうかと考へ込んで、彼はぐるぐる見廻したり、床《ゆか》をじつと見詰めたり、短刀の欛《つか》をいぢくつたりしてゐたが、遂に傲然たる顏を上げて口を切つた。

28

「愚圖々々《ぐづぐづ》してゐる場合でもないし、朴念仁《ぼくねんじん》の訥辯のことですから、手短《てみじか》に申上げます。――えゝ、伯父さんでもあり、また――失禮な呼び方《かた》を御許し下さい――私の父上とも思ふダグラス樣、敬愛する母上、從妹《いとこ》のエレン――これ、なぜ顏を背けるのだ――それからグレイム君――成人して一本立の城主になられた時に私の尊敬すべき味方になられるか、それとも敵方に廻られるかは、そのうち判《わか》ることだが、皆さんに聽いていただきたい事が起りました。傲慢不遜な執念深い蘇格蘭《スコットランド》王は、國境地帶を鎭撫したと威張つて居られるが、實を申せば、獵犬や鷹を引連れて王の遊獵に馳せ參じた豪族達こそ、まんまと係蹄《わな》にかけられて、獲物の代りに殺害されたのでした。*

忠順を披瀝して城門を十文字に開き、王を迎へる饗宴の用意怠りなかつた頭目達も、*已が城門に吊《つる》されて絞罪の慘状を暴《さら》したのです。*メガット河畔の草原といはず、ヤロウ河畔の險涯といはず、トイード川の岸邊といはず、エトリックの流れが靜かに傳ふあたりといはず、テビオットの清流に洗はれる畔《ほとり》といはず、到るところ復讐を叫ぶ血の*聲に滿ちてゐるのです。武を好む氏族の精兵どもが揚々と馬を驅つてゐた谷々も、今は茫々たる荒廢の地となり、ただ羊の遊ぶのに任せてあるのです。不信の王、惡虐の君として知られた此の蘇格蘭《スコットランド》の暴君が、いよいよ當地へ入り込んで來られたとの報告がありました。遊獵といふ名目にかこつけてゐられるが、腹の中には同じ様な計略が隱れてゐるに違ひない。してみれば、國境地帶の武士達の悲運から判斷して、『高地《ハイランド》』の頭目達にもどんな御仁徳を施されるかは、大體見當がつくのです。その上、私の間者の確かな探索によれば、惡いことに、ダグラス様のお姿を、グレンフィンラスの林の中で見つけた敵がゐるらしい。かういふ難局に際してどんな手段を採《と》つたらよいものか、一つ御意見を伺ひたい。」

29

エレンとマアガレットは恐ろしさの餘り、互に慰めを求めて眼を見合せ、各々《めいめい》の蒼白な顔を、一人は父の方に、一人は伜《せがれ》の方に向けた。凛々《りり》しいマルコム・グレイムも急に顔色を變へたが、それは只愛人エレンを思ふ心配のためであることは其の眼の色が判然《はつきり》示してゐた。ダグラスは悲痛な面持《おももち》ながら取り亂すこともなく、自分の考へを述べて言つた、――「勇ましいロデリックよ、どんなに嵐が荒れようとも、雷鳴の音だけで事なく吹き過ぎるであらう。然し此の隱家《かくれが》に稻妻を呼び込んではならぬと思ふから、俺《わし》は一刻も早く此處を立退く積りだ。お前もよく知つてゐる通り、王の逆鱗が裂しい雷となつて落ちたがつてゐるのは、この白髮《しらが》頭なのだからな。お前としては、此際王命を奉じ、精兵を引具して御力添へを勵んだがよからう。恭順臣服の微意を盡してゐれば、やがて王のお怒りも釋《と》けるといふものだ。『眞赤な心臟』の紋章を傳へる一門の哀れな遺族として生殘つた俺《わし》とエレンとは、何處かの遠い森蔭に隱家を求めて、追ひつめられた獸《けもの》のやうにしばらく潛んで居ようと思ふ。そのうちには嚴重な搜索の手も此の山間の湖畔から消えるであらうよ。」――

30

ロデリックは答へた、「いけません、斷じていけません。そんなことがあつたら、私と私の大劍に忽ち神罰が降《ふ》つて來ませう。ダグラス家の御遺族を危難に際してお庇護《かくまひ》しない位なら、吾が一族の紋章として父祖傳來の威名を誇るあの松の木も枯れ果てることでせう。不躾《ぶしつけ》なお願ひですが、エレンを私の妻にいただきたい、そして伯父さんは、これから私の相談相手になつていただけないでせうか。ダグラス卿が黒鬼ロデリックと手を結んだと聞きつたへて、友軍が伯父さんの麾下に雲集するでせうし、私達と同じ樣に王に對して疑心と不信と悲憤とを抱く西國の豪族達も殘らず加盟するでせう。ですから、私達の結婚を知らせて響く笛の音は、王の御膝下《ひざもと》のフォース河畔に弔鐘の如く鳴り渡つて、スターリングの城門警護の兵士達は膽を潰すことでせう。結婚祝ひの篝火《かがりび》の代りに幾百幾千の村々に火をかけて、ジェイムズ王の安らかな夢を破つてやりませうか。——エレン、恐《こは》がらなくてもいいんだよ、お母さんもそんなお顔をなさらなくてもいいんです。夢中になつて喋《しやべ》つたことを、いちいち眞《ま》に受けられては困る——なに、侵略戰爭なんかちつとも必要ぢやありません。賢者の聞え高いダグラス樣が山間の豪族達としつかり手を握つて、界《かい》隈《わい》の峠を殘らず固められたら、王もすつかり計略の裏をかかれた形《かたち》で、徑《みち》もない谷間を拔けて、ほうほうの體《てい》で退却されるにきまつてゐますから。」

31

眞夜中に寢呆《ねぼ》けて、目も眩《くら》む高塔に攀《よ》ぢ登り、直下に大海の怒濤の間斷なき咆哮を聞く絶頂の緣《ふち》に横《よこたは》つて、危險極る一夜の夢を安らかに結んだと假想せよ。東天の旭光にまぶしく照りつけられる頃びつくりして飛起き、周りの測り知れぬ深い海を見下ろし、絶間なく轟く浪の音を聞き、しかも塔の緣《ふち》の牆壁がまるで風に揉《も》まれる蜘蛛の巣の樣にふらふらしてゐると氣付いた時――錯亂のあまりに、恐《こは》い恐いと思ふ最惡の運命に身を任せて、いつそのこと眞逆樣に海に飛込んで仕舞ひたいやうな、自暴自棄の衝動を感じないであらうか――一家の破滅が突然迫《せま》つてきたと知つたエレンもそれと同じやうに、くらくらする程動顚《どうてん》して、あゝもしようか、かうもしようかと思ひ亂れてゐたけれど、自分より父親の身を案じるあまりに、吾が身を賣つて父の安全に代へようといふ絶望的な氣持に負けてしまつた。

32

エレンの震へる唇と眼を見て、その悲慘な心持を察したマルコムは、たまらなくなつて立上りさま何か言はうとしたが――しかし、急込《せきこ》んだ彼の口が自分の心配を未《ま》だ言ひ出さぬ前に、父のダグラスは、娘が生死の岐路に立つて、命を削るやうな心の惱みに呻吟してゐることを見て取つたのである。なぜなら、熱にうかされたかのやうに激流する血潮が、一瞬間彼女の頰を眞赤に塗るかと思ふと、忽ち顏中の血の氣も失《う》せて土色になつてしまつたからである。「ロデリック、もうよせ、もうよせ、」とダグラスは叫んだ、「娘をお前の嫁にやることは出來ない。あの赤い顏は云ひ寄られた事を恥しがるからでもないし、あの蒼い顏は處女《きむすめ》としての恐れでもない、決してそんなものではない、――娘のことは我慢してやつて呉れ。それからまた俺《わし》達の身を護るためにお前が危險を冒すこともしないで呉れ。このダグラスは反抗の槍を王の胸板につきつけるやうなことを仕度くない。王がまだ稚《をさな》かつた頃、乘馬の術から劍道の法まで手をとつて御敎へしたのは外ならぬ俺《わし》であつた。俺には王が何時までも可愛い貴公子としか思へない。あの頃の王は、エレンでさへ比べものにならない程、俺の誇りであり悅びでもあつた。佞臣の讒言を浴びせられ、果は御短慮の勘氣を蒙つて、隨分不當な取扱ひを受けてはゐるが、王を愛《いとほ》しく思ふ心は今も尙變つてゐないのだ。だから俺《わし》と浮沈を共にすることを思ひ止まつて、お前はお前で出來るだけ王の恩寵を頂戴した方がよからう。」

33

ロデリックは二度まで廣間を大胯に歩き廻つた。辨慶格子の大きな外套《マント》は搖れ、陰鬱な眉根には傷けられた自尊心と憤怒と失望とが相戰《せめ》いでゐる。朦朧たる炬火《かがりび》に照らされた其の姿は、夜陰の惡鬼が眞黑な翼を垂らし、行き暮れた巡禮の路を遮つて羽《は》搏《はた》きしてゐるやうであつた。あゝ遂に戀は報《むく》はれなかつた。しかも毒を塗つた戀の征矢《そや》に深くも刺されて、疼《うづ》く樣な痛《いた》手に苦しむロデリックは、堪へかねてダグラスの手を握りしめ、今日迄泣聲を嘲笑してゐた彼の兩眼には苦《にが》い涙が溢れて來た。永年の間胸中深く大切に抱いてゐた甲斐もなく、いまや滅びゆく希望の斷末魔《だんまつま》の激痛に打のめされて、流石剛の者の厚い胸板も張り裂ける思ひであつた。驕慢な心を勵まし立てて、やつと耐《こら》へてゐたけれども、胸を包む縞の着物が、亂打する動悸のままに搖れ亂れ、誰一人口をきくものもなく靜まりかへつた廣間の中に、咽《むせ》び泣く聲ばかりが判然《はつきり》聞えてゐた。心弱いエレンは、ロデリックの失望と其の母の悲しげな顔とを見るに忍びないで、よろよろと坐を立たうとした時、グレイムが近寄つて手を借さうとした。

34

と、忽ちロデリックはダグラス卿の傍を跳び退《の》いた――長く地を匍うて渦卷く黑煙の眞中をぱつとつんざいて閃めく焔《ほのほ》が、みるみるうちに擴がつて炎々たる火の海となるやうに、底知れぬ絶望の懊惱は凄《すさま》じい嫉妬となつて爆發したのである。マルコムの胸倉と格子模樣の外套《マント》の革帶《ベルト》のあたりをぐいつと摑んで「退《さが》れ、靑二才」と酷《きび》しく極《き》めつけた、「退れ、男妾奴《をとこめかけ》、つひ先日訓《をし》へておいたことを、もう忘れたか。有無《うむ》を云はさず懲《こ》らしてやりたいが、自宅の屋根の下ではあるし、ダグラス卿やあの娘の面前ではあるし、ひとまづ命を借してやる。皆さんに御禮を申すがいい。」「なにを。そんな御恩を受ける位なら己《おれ》の武名も地に墮《を》ちてしまへ。自分の命は自分の力で護つて見せるぞ。」と、マルコムは、懸命に獲物を襲ふグレイハウンド犬のやうに、猛烈な勢でロデリックに飛びかかつた。二人は摑み合ひながら、必死になつて腰の刀を拔かうと焦《あせ》つてゐる――すつくと身を起したダグラスが巨人の樣な大力を揮《ふる》つて、格鬪の眞中へ割込まなかつたなら、どちらか一人が必ず命を墮したことであらう。――「双方とも止さないか。先に拔いた方を俺《わし》の相手と思ふぞ――亂心者奴《め》、狂氣《きちがひ》じみた喧嘩を止めないか。いかに落魄《おちぶれ》てゐるとはいへ、ダグラス卿とも呼ばれたこの俺《わし》が、自分の娘を、汚らはしい双傷沙汰の引出物にするとでも思つてゐるのか。」この言葉を聞いた二人は、今更恥しくなつて、澁々ながら必死に摑んでゐた手を除々《そろそろ》離したが、踏み出した足を退《さ》げもしないで、拔きかけた大刀の欛《つか》に手をかけたまま、互ひに相手を睨んでゐた。

35

まだ白刃が高く拔き離たれないうちに、母のマアガレットはロデリックの外套《マント》に縋りつき、惡夢に魘《うな》されて劫《おび》えたやうなエレンの叫聲がマルコムの耳を打つた。ロデリックは拔きさしの刀を鞘に落しながら、怒を包んだ嘲笑の言葉を吐《は》きかけた。「明朝まで此處でゆつくり休ませて上げよう。そのにやけ面《づら》を夜《よ》更《ふけ》の冷《ひや》風に當てさせるのも氣の毒だから。歸つたらジェイムズ王に斯う復命したまへ、湖沼地帯を固めるロデリックは、代々自由を授かつてゐる一族郎黨を引連れて、人爵を誇る王樣の御機嫌を伺つて大名行列にひよこひよこ馳せ參じるやうな眞似は致しませんと。それに、もし王がアルパイン一族に就いてもつと詳しい事が知りたければ、我が一黨の兵力なり間道なりを、君から充分教へて上げるがいい。おい、マリイス」――聲に應じて彼の近侍《きんじ》の者が進み出た――「グレイム卿に通行手形を差上げてくれ。」 青年マルコムは雄々しくも落着拂《おちつきはら》つて答へた、「君の大切な此の隱家《かくれが》については心配御無用だ。他言はせん。たとへ山賊共が巣喰つてゐるとはいへ、天使の樣な御方が降りたもうたからには、この島には神の恩寵が宿つてゐるのだから。ところで君のその吝《けち》な仁義は御免蒙る。君を敵に廻すのが怖《こは》いやうな奴のために藏《しま》つて置きたまへ。僕には眞夜中の山道も眞晝間《まつぴるま》同樣に平氣なのだ。黑鬼ロデリックが撰りすぐつた荒武者共を從へて、路を扼して迎へ擊つても一向に構はぬ。では勇士ダグラス卿――美くしいエレン、左樣なら――いや、ここで訣別の挨拶を申上げますまい。どんなに寂しい谷蔭に潛《ひそ》んでゐられませうとも、私は必ず探し當てて御目にかからずにはゐませんから。――ロデリック卿、君とも又遭ふ時があるだらう。」 かう言つて彼は山莊を辭し去つた。

36

アラン老人は（ダグラスの命を受けて）岸邊まで見送りながら「あの氣の荒いロデリックは、明朝を期して『*火焔の十字架』を谷から山から沼地まで廻さうと、固く決心してゐるのです。その合圖を聞いて集つてくる輩《やから》はグレイム樣にとつて危險至極と思はれます。ついては一番安全なずつと遠くの岸まで私が舟でお送り致しませう。」と心配顏で話して聞かせた。しかしマルコムは老人の折角の言葉も聞き流して耳にも止めず、縞羅紗のマントの中に、大劍と革袋と短劍とを一と纏《まと》めにしてぐるぐる捲きにしつかり包み込《こ》み、泳ぎ易いやうにと、手足にからまる邪魔な着物を脱ぎ棄てた。

37

「忠義一徹の昔者の爺さんや、ぢや左樣なら」と出拔《だしぬけ》に言ひながら、マルコムは樂人の手を優しく握りしめた――「ああ、安住の地を敎へて上げられるものならなあ。僕の領地は王の御後見を受けてゐるし、家來達は伯父上が御支配なされてゐるのだから、敵を挫《くじ》き友を助けるにも、殘念ながら自分自身の勇氣と劍に賴る外に手術《てだて》がない。しかし氏族《うぢ》の頭《かしら》であるこの僕に忠誠を誓ふ家人《けにん》が一人でも出てくるなら、追ひつめられた獣《けもの》同然にダグラス卿を何時までも山奥の隠家《かくれが》に潜《ひそ》ませては置かない積りだ。それに傲慢不遜なあの山賊が、たとひ――いや、その後《あと》は言ふまい。黒鬼ロデリックにさう言つてくれ、僕は何ひとつとして彼奴《きやつ》に御禮を言ふ筋合は無いと。向ふ岸までの舟便さへも謝絶《ことは》つたと言つてくれ。」マルコムは月に輝く湖の中に飛び込んだ。波の上に勇ましく頭を立てて、どんどん岸から遠くなつて行く。アランが心配相な老眼を見張つて、遥か向ふの湖心のあたりに浮ぶ姿を一心に探し求めてゐる間《ま》に、黒い影は銀色に光る漣《さざなみ》を乘り越え乘り越え、手足の力に任せて鵜《う》の樣な速さで泳ぎ切り、たうとう月光の滿ちる谷間に上陸した。マルコムが大聲を擧げて安着を知らせるのを遥かに聞いた老樂師は、安堵して岸邊を去つて行くのであつた。

巻ノ三　召集

1

時移り止むことあらじ。稚《いとけな》き頃を偲べば
　吾等《わがどち》を膝に抱きとり　あやしつつ、古き翁等《をきなら》
山行きの　また海《みう》行きの　奇《あや》しくもまた勇しき
　語り草　語り聞かせて、吾等《わがどち》を驚ろかせしを。
翁等も早死果てて　現世《うつしよ》に僅かに残る
　翁等も衰へ果てて　永らへむ力萎《な》えしか
永闇《とこやみ》の黄泉《よみぢ》の岸に　取り付きて　よろぼひ待つは、
　寄せ返す浪の響の　引く潮の呑む間《ま》を待てる
破舟《やれぶね》の暫《しばし》の命。時移り　止むことあらじ。

あゝされど　未だ生き殘る　翁等の思ひ出聞けば、
『高地《ハイランド》』の長《をさ》の鳴らせし　角《くだ》の音《ね》の響きし昔、
野も森も谷も峽間《はざま》も　山腹の險《こご》しき涯《きは》も
　人住まぬ荒野の果も、人寄せの號令《しるし》と知りて、
慌《あわただ》し警《いましめ》の音《ね》に　弓矢執《と》る氏族《うぢ》の兵兒《へこ》達
　空高く旗をなびけて　群《むらが》りて長《をさ》を護《も》りつつ
氏族《うぢ》の者　皆集れと　打急ぐ軍鼓《ぐんこ》の響。
　流れ星　空を斜めに　光りつつ走ると見しは
氏族《うぢ》共を呼び集めつる　血に染めし『火焰の十字架』。

2

夏の曙はカトリン湖の碧い水を茜《あかね》に染め、西から吹いてくる微風は湖に優しく接吻《くちづ》け、木々の葉をそつと戰《そよ》がせてゐる。歡喜の餘りに嬌笑の靨《ゑくぼ》を見せるやうな媚《び》態ではなくて、湖は嬉れしくも羞《は》にかむ處女の如く慄《をのの》いてゐた。湖面に投影する山の姿は亂れず止《とど》まらず、あかるくも定《さだ》かならぬ影を落してゐる。丁度、まだ來ぬ未來の幸福の影が乙女の胸の空想に浮んでゐるやうだ。

睡蓮は白銀の花の臺《うてな》をささげて陽光を受け、目を醒《さま》した牝《め》鹿は身體一面に露の玉をきらきらさせながら芝地の方へ仔鹿を連れて行き、灰色の朝霧は山腹を去つて、急湍はこれ見よがしに輝く飛沫をあげてゐる。鱗雲《うろこぐも》の流れる空に姿をかくして雲雀《ひばり》は歡喜の聲を降り注ぎ、黑鳥《くろどり》と斑鶫《まだらつぐみ》は藪の中から朝の挨拶をおくり、山鳩はそれに應《こた》へて平和と安息と慈愛の歌を唄つてゐる。

3

しかし、どんな平和と安息とに滿ちた思ひが湧いて來ようとも、今のロデリックの胸の嵐を宥め鎭めるには足りなかつた。彼は鞘に納めた大劍を携《たづさ》へて、思ひ出した樣に島の磯を歩き廻つたり、昇る朝日を睥睨《へいげい》したり、鞘鳴りする大劍を焦《じ》れつたさうに握りしめたりしてゐる。（古人の敎へに從へば）『火焔の十字架』のお觸《ふれ》を廻す前には序禱の禮を行ふことが作法とされてゐたので、かうした物々しくも恐ろしい血祭《ちまつり》の儀式のために、一つの岩の下で郎黨達は忙がしく立働いて用意を整へてゐた。しかもその家來達でさへ、ロデリックの苛立つ一瞥を浴びる度に、色を失つて立竦《たちすく》むで仕舞つた。――山奥に棲む荒鷲が、ペンヴェニュの絶壁から黑い翼を羽搏《はばた》いて風に乘り、空高く舞ひながら湖面に大きな影を落して、叢《くさむら》の中に囀《さへず》る小鳥を沈默させる時、丁度こんな物凄い眼付をするものだ。

4

枯枝が山と積まれた。むろの枝や*ななかまどの枝や、近頃雷に破《わ》られて千切れた柏の幹も混《ま》ぜてある。長く垂れる僧服を着て頭巾《づきん》を被《かぶ》つた隱者ブライアンが素足《すあし》のまま其の傍に立つてゐた。やや白くなつた頤鬚《あごひげ》と亂れ放題《はうだい》の髮の毛とは希望を忘れた相貌を蔽ひ、露出《むきだし》の手足に隙間もなく刻《きざ》まれた傷痕《きずあと》は、罪障滅却のための狂人染《きちがひじ》みた荒行《あらぎやう》の形見である。遙かに遠いペンハロウの荒涼たる山奧の隱れた庵室から、この物凄い恰好の隱者があらはれて來たのは、それは切迫する同族の危難の爲であつた。その姿は基督敎の僧といふよりも、昔々人身《ひとみ》御供《ごくう》を物とも思はなかつた*ドルイド僧が、墓から迷ひ出て來たのかと思はれた。事實彼の呟《つぶや》く呪詛の言葉には、異敎の敎へが隨分混《ま》ぜてあるとの噂《うはさ》も立つてゐたし、基督の有難い御《み》敎へも、只、彼の呪詛を一層酷《むご》い恐ろしいものにするのに役立つばかりであつた。何處の百姓もこの隱者に祈禱を願ふものとてなく、巡禮でさへ彼の棲む洞穴へ近寄らないやうに用心してゐた。狩に夢中の獵師も、日頃彼の徘徊する場所を心得てゐて、獸を追立ててゐる最中でも獵犬を呼び戻す程であつたし、谷間などでひよつくり出會《でくは》す時なぞ、獵師は恐ろしさの餘りに急に菩提《ぼだい》心を起して、十字を切りながら御念佛を唱《とな》へるのであつた。

5

ブライアンの生れに就いては奇怪な話が擴まつてゐた。彼を產んだ女といふのが、或る夜のこと、物寂しい谷間の奥の羊小舍《こや》の番をしたことがあつた。そのあたりは世の人に忘れられた古戰場で、戰死した兵士達の白骨が風に吹かれ雨に打たれて散亂してゐた。（こんなにも武士《もののふ》の功績《いさをし》が愚弄されてゐる有様を見るなら、戰士の勇力も挫《くじ》けてしまふだらう。）曾《かつ》ては鐵鎖《てつさ》を斷ち切つた腕の骨も絡《から》みつく蓼草《たでくさ》の手枷《てかせ》をはめられ、恐れを知らぬ勇猛な心臟を包んでゐた巨大な肋骨を宿として、可弱い臆病な小鶫《つぐみ》がみすぼらしい巢をかけてゐる。『時』の運行をさへ顧みようとしなかつた猪武者《いのししむしや》の駿足も、今は蜥蜴《とかげ》がぬるぬる匐ひ上るままに任せてゐる。ころがつてゐる髑髏は、その昔、一軍の將であつたのだらう、今なほ燎亂たる花の環を捲いてゐるではないか。なぜなら帽子や羽根飾の代りにヒースの花が紫色に咲きこぼれてゐるのであつた。まだ娘であつたその女は外套《マント》にくるまつたまま、この凄慘な谷間に一晩中坐つてゐたのだが――牧人に近寄られることもなく、どこかの獵師に髮*のリボンを解《ほど》かれもしないと女は言ふのであつたが――アリイスと呼ばれたその女は、それ以來處女の證《しるし》のリボンで髮を結ばなくなつた。元氣に遊び戲れてゐた乙女らしさが消えてしまつて、可愛らしい娘帶《むすめおび》も長《たけ》が足りなくなつて來た。あの宿命の一夜以來、彼女は二度と再びお寺詣《まゐ》りもせず、お祭に顔を出すこともなく、自分一人の胸に秘密をかくしたまま、懺悔《ざんげ》の式も受けずに、お産の苦しみで死んでしまつた。

6

ブライアンは幼い時から遊び仲間もなく獨《ひと》りぼつちで、愛情や喜悦から除《の》け者にされてゐた。陰氣な、悲しみに滿ちたこの少年は、彼の不思議な生れを兎や角と嘲ける心なき人々の毒舌を、じつと耐《こら》へてゐたのである。森の樹立や小川の流れに自分の不幸を嘆き訴へながら、蒼白い月影を踏んで夜を明かすことも度重なるうちに、氣持もだんだん狂つてきたのか、たうとう自分の生れは世間の噂どほりだと思ひ込んで、まだ見知らぬ父親の姿を、霧の中や空の光り物の中に求めるやうになつてしまつた。彼の歪《ゆが》んだ運命を慰めようとして、僧院は慈悲の扉《とびら》を開いたが何の甲斐もなかつたし、故老が文字を讀む術《すべ》を教へてやつたけれど、彼は智識の寶庫からさへ、只、自分の狂氣の病《やま》ひを募《つの》らせるものばかりを探《さぐ》り出して、貪《むさぼ》り讀むのであつた。秘法を求め知りたいとて、魔術や仙術や呪文を語る書物ばかりを手當り次第に讀み耽《ふけ》つた揚句《あげく》、あらうことか靈妙不可思議な秘法を會得《えとく》したいと頻《しき》りと冀《こ》ひ願つて焦《あせ》つてゐたが、遂に逆上し錯亂し、この世のものならぬ恐怖に身を悶《もだ》へながら、狂亂の果は世を捨てて、ベンハロウの谷間に身を隱したのであつた。

7

そこの荒涼たる野原は、魔物の子にふさはしいやうな幻影を彼に見せたのである。黒い斷崖に當つて碎ける奔流が渦を卷いて激する有樣を、じつと見詰めてゐると、『河の鬼』*が水沫《しぶき》の中から立上る姿が、彼の霞んだ網膜に朦朧と映り、山霧は手足のある人の形となつて『眞晝の鬼婆』*や恐ろしい妖精の姿を見せ、凄じく吹き荒れる夜更《ふけ》の風は、亡者の聲に滿ちてゐるかと聞かれ、遠くの荒野を眺めてゐると、後の世の戰ひに斃れる死體が列をなして橫はる光景が、眼に浮んで來るのであつた。人の世から捨てられた孤獨の陰陽師《うらなひし》は、かうして亡靈の世界に住み暮らしてゐたが、心の底に消え殘る一つの絆《きづな》が、何時までも彼を人間界に繫《つな》ぎ止めてゐた。それは親と名の付く只一人の母親が古いアルパインの流れであつたからである。近頃彼は占《うらな》ひの夢の中で、凶兆を豫告する惡靈ベン・シイ*の叫び聲を聞いたし、人間業《わざ》では到底馬を驅《か》れさうにもないペンハロウの礫《いしころ》だらけの山腹を疾走して突擊に移る軍馬*の鐵蹄を、眞夜中の嵐の中に聞きつけた。しかも落雷が松の木を引き裂いた——すべてはアルパイン一族の凶兆ではなかつたか。切迫する禍《わざはひ》の前兆を知らせずばなるまいと、彼は尻端《しりはし》折つて山から出て來たのであつたが、今や一族の頭目の命のままに、祝福の祈か呪詛《じゆそ》の聲か、どちらかを唱《とな》へようとして待ちかまへてゐるところであつた。

8

用意は滯《とどこほ》りなく整つた――一群の長《をさ》とも見える老山羊を岩の上から連れてきて燃え上る炎の前に引き据ゑると、待ちかねたロデリックの長劍は忽ち一と刺《さ》し貫いた。犧牲《いけにへ》の山羊は、眞赤な生《いき》血《ち》がどくどくと噴き出して、からみ合ふ吾が髯《ひげ》に傳はり、毛深い吾が脚《あし》を流れてゆくのを、諦《じつ》と見詰めてゐたけれども、次第に弱つて段々かすんでくる眼の先《さき》がたうとう暗黒に包まれてしまつた。氣味惡い隱者は呟聲《つぶやきごゑ》で祈《いのり》を擧げながら、一心に小形の十字架を拵らへてゐた。丁度頃合《ころあひ》の二尺ばかりの長さに切つた軸木と横木を、水松《いちゐ》の若枝で組んであつたが、カールヤッハ島に茂るその親木は、そこにあるアルパイン族の墓場に蔭《かげ》を落し、嗄聲《しわがれごゑ》を立ててロモンド湖を吹き渡る寂しい風に梢を鳴らして、代々の頭目達の永遠の眠《ねむり》を慰めてゐるのである。いよいよ出來上つた十字架を隱者は高々と捧げ持つた。その手は痩せ衰へ、その眼は落窪《くぼ》み、呪ひを唱《とな》へるその聲は奇怪な幻想の渦を捲き起すのであつた。

9

「この十字架は、墓場に生《を》ひし水松《いちゐ》にて造れるものなり。我が氏族《うぢ》の者にして是のしるしを見る時は、上天の神　その聖涙を注ぎたまふアルパイン族の墓所にありて、その枝の生ひ延びたるを思ひ出づべし。

思ひ出でざるものに禍《わざはひ》あれ。

氏族《うぢ》の長《をさ》の信頼を裏切るものは、死ぬるとも氏族《うぢ》の墓場に葬ることを許すまじ。遠き祖先《みをや》よりも、また同胞《はらから》よりも追放《をひはな》たれて、氏族《うぢ》のもの悉《ことごと》く彼を呪はん、

神の罰加はりて禍《わざはひ》の降《くだ》らむことを。」

隠者はここで一と息ついた。——郎黨どもは一歩踏み出して、憤怒の形相物凄く、手に手に白刃を振りかざしながら戞々《くわつく》と楯を打鳴し、僧の言葉を受けて叫んだ。遥かの沖に湧く波が打寄せてくるうちに巨濤《おほなみ》となり、力一杯轟々と岸邊をたたく様に、最初は低い呟聲《つぶやきごゑ》であつたのが、たうとう破れかへる嗄聲《しはがれごゑ》を擧げて叫んだ。

「呪はれよ、裏切者は　呪はれよ」

灰色に煙るベン・アンの岩だらけの頂《いただき》は聞き馴れたその言葉を反響し、餓狼《がろう》は悦んで洞を下り、歡喜する大鷲は遠くから鋭い叫びを擧げた——みんなアルパイン族の喊聲《ときのこゑ》を知つてゐたのである。

10

叫聲が消えて湖水も荒原もひつそりした時、隱者は陰慘な低音で、再び呪ひの言葉を呟《つぶや》きながら、十字架を焰にあてて焦《こが》し始めた。呪詛《じゆそ》の言葉の端々《はしはし》には尊い御名も交つてゐたが、祈禱といふよりも邪敎の秘法に近かつたし、それも僅かしか聞きとれなかつた。しかし端々《はしはし》の燃える十字架を一同の頭の上で振りながら、隱者は大聲でかう叫んだ――

「この恐ろしき十字のしるしを見る時に、直ちに槍を差上げざるものに禍あれ。この十字のしるしを焰の燒くが如く、恐れて潛む彼の家も
　同じき火責《ひぜめ》を蒙らん。
その屋根に炎々たる火柱《ひばしら》立ちて、アルパイン一族の復讐のみせしめとならむ。悲《かなしみ》きたれ、恥きたれ、禍《わざはひ》きたれと、
　娘も女《をみな》も　彼の名を呪はん。」

その聲の終るとき、悲《かな》しみと禍《わざはひ》を降《くだ》したまへと絶叫する女の聲々は、山に鳴く蒼鷹の様な鋭い叫びを擧げ、幼《をさな》い子供達の片言まじりのたどたどしい呪ひの聲もそれに混《まじ》つて、恐ろしい呪詛《じゆそ》の祈を唱和した。

「彼の家は火に埋《うつも》れて赤き餘燼《もえさし》となり果てよ。貧しくあれ禍あれよと我等の呪《のろ》ふ家無き彼を、宿したる小屋も廂《ひさし》も呪はれよ。」

コォ・アリスキンの『鬼の洞窟《ほら》』も、樺の葉の鳴るビイアラ・ナン・ボオ峠の灰色の山道も、一齊《せい》に裂く樣な鋭い反響を以てそれに應《こた》へてゐた。

11

隱者は深い吐息《と》をついて、苦しさうに喘《あへ》いでゐたが、齒を喰縛り、拳《こぶし》を握りしめ、燃えさかる炬火《たいまつ》のやうな兩眼をきらきら光らしながら、もつと恐ろしい呪ひの言葉を考へてゐた。一族の頭《かしら》を護れと召し集める十字架のしるしを見ながらそれに應ぜぬ、氏族《うぢ》の輩《やから》の頭上に浴《あび》せる物凄い呪《じゆ》詛《そ》の言葉を、一心不亂に考へてゐたのだ。十字架の燃えてゐる端々《はしく》を、どくどく噴きだす犧牲《いけにへ》の血に浸《ひた》して、再び高く捧げ持ち、空虚《うつろ》な嗄聲《しわがれごゑ》でかう叫んだ。

「アルパインの後裔が一族を召し集めたまふ十字のしるし、この十字架が人より人へと飛び行く時に、聞かざるものの耳は潰《つぶ》れよ。急ぎ集まらざる者の足は萎《な》えよ。見ざる眼を、烏よ、啄《つつ》き裂《さ》け。懦《をそ》るる者の心臟を、狼よ、貪《むさぼ》り喰《くら》へ。犧牲《いけにへ》の血は流れて地に滲《し》みるが如く、懦《をそ》るる者の生血《いきち》はその圍爐《ゐろり》を濡《ね》らせ。凝《こご》る血に浸《ひた》されて、音立てて火の消ゆるが如く、暗黑の「破滅」よ、彼の灯《ひ》を消せ。この十字架のしるしによりて萬民のために贖《あがな》はれたる救ひの道も、彼には閉《とざ》されてあれ。」

ここで隱者は言葉を切つて底くアーメンと呟《つぶや》いたが、今度はどこからも反響が起つて來なかつたのである。

12

苛立つてブライアンの手から十字架を受取つたロデリックは、勇敢な近侍の武士にそれを手渡しながら怒鳴つた。「急げ、マリイス、急げ、集合場所はランリックの原――集まる時刻は今直ぐぢや――急げ、マリイス、急げ。」カトリン湖を斜めに切つて、鷹に追はれる松鷄《らいてう》のやうに飛んでゆく小舟の舳《へさき》に、マリイスは突立《つつたち》上つた。漕手《こぎて》の櫂《オール》は速かつた。舟脚《ふなあし》の跡に殘る水の泡が、湖面に泛《うか》んだまま散りもせずに、しづかな漣を立てて搖れてゐる頃、もう小舟は向岸《むかふぎし》の山の麓に迫つてゐた。舳《へさき》から銀色の渚《なぎさ》までは未《ま》だ三尋《みひろ》も離れてゐるのも拘《かま》はず、この火と劍の使者は、一躍してかるがると岸に飛び移つた。

13

急げ、マリイス、急げ。焦茶《こげちゃ》の鹿の生皮《なま》の靴は、お前より速い足に穿《は》かれた例《ためし》は無いのだぞ。急げ、マリイス、急げ。これ程の危急の使命で、お前の逞《たく》ましい筋骨が引締つたことは今迄に無かつたのだぞ。坂道にかかつたら胸板を地面に下《さ》げて駈け上れ。頂上から瀧の様に駈け下《くだ》れ。ぶくぶく軟らかい泥池や、足場の定《き》まらぬ沼地のところは、彈《はず》みをつけて小走《こばし》りに駈け抜けよ。小鹿の様に小さな流を飛び越えて、獲物を探す獵犬《いぬ》の様に茨《いばら》の叢《しげみ》を潛《くぐ》つて行け。そばだつ岩の斷崖は高くとも必死の一躍を怯《ひる》むでないぞ。額《ひたひ》は焙《ほ》てり口はどんなに渴《かは》かうとも、泉に足を停《と》めてはならぬ。戰爭と運命と恐怖の使者よ、駿足を飛ばして休むでないぞ。今日は手負《てをひ》の鹿を追かけるのとは違ふのだ。木の間を縫つて娘を追廻すのでもないぞ。競走《かけくら》に負けまいと山路を一目散に駈けてゐるのでもないのだぞ。今日のお前の使命こそは危難と死と功名とを齎《もたら》して走つて行くのだ。

14

恐ろしい『火焔の十字架』のしるしが飛び過ぎる村々の住民は、忽ち劍を執つて立つた。くねる谷間からも褐色の丘からも、豪の者たちが潮のやうに押出して來る。戰《たたかひ》の傳令は歩調も緩《ゆる》めずに駈《か》け抜けながら、十字のしるしを高く捧げて集合場所を呼ばはつたまま、驚き騒ぐ人々を後に殘して颪のやうにひたひた走つて行く。漁夫は渚を見捨て、眞黑に煤けた鍛冶屋のおやぢは大小の刀を手挾み、鼻歌交りの草刈男も急に顏色を變へて、刈りかけの草の中に鎌を投げ捨てた。家畜の群は急に牧者を失つてさまよひ歩き、鋤《すき》は畔《あぜ》の中程に捨置かれ、鷹匠は手に棲《とま》る鷹を高く抛《はふ》り出し、獵師は追ひつめた鹿を見棄ててしまつた。戰鬪準備の警報に接して、アルパイン一族の者は悉く勇躍して武裝を急《いそ》ぎ、アハレ湖畔一帶は騷然たる物音に包まれた。あゝこの美くしい湖の岸が、恐ろしい物音に應じて反響を起したのだ。岩も叢《しげみ》も澱《よど》む湖面に影を映《うつ》して靜かに眠るこの閑寂な風物には、雲間から降つてくる雲雀の歌さへ、朗かすぎる程の高聲だと思つてゐたのに。

15

急げ、マリイス、急げ。湖は早過ぎた。ダンクラガン村の人家もたうとう見えて來た。苔蒸した岩を並べたやうに灌木林の緣の葉蔭に見え隱れしてゐるのがそれだ。あそこ迄駈けつけたら、御役目を無事に果して休息出來るのだ。村の長《をさ》が十字架を引繼いで走つて吳れるだらう――舞ひ下《さが》つて餌食を攫《さら》ふ鷹のやうに無二無三に坂を駈け下るマリイスの耳に、物悲しい音が風に乘つて傳はつてきた。――葬送の悲しいどよめき、慟哭する女の聲――勇敢な狩人はもう狩をたのしむことが出來なくなつたのだ。あの剛勇な戰士は、再び戰場を馳驅《かけまは》ることは出來なくなつたのだ。戰爭の時にも狩獵の時にも、頭目ロデリックの片腕とたのまれて、かけがへのない男であつたが。

——陽《ひ》の光を避けた廣間の中を炬火《たいまつ》が照してゐる。村の長《をさ》ダンカンは素樸な棺臺に横はり、よりかかる妻の涙に濡らされてゐる。まだほんの若者の長男はその側に佇んで憂ひに沈み、末の子は理《わけ》も知らずに泣いてゐる。とりまいて坐つた村の娘や主婦《おかみさん》達は悲しい挽歌を唱へ、その響は室中に籠つてゐた。

16

挽歌

君を求めて切《せち》なる時に
　君は山邊に　噎　去りたまひ
君は林に　噎　隱《かく》れたり。
　水を求めて切なる時に
夏日《なつひでり》乾して泉は乾《ほ》せど
　降りたまる水を我等待つなり。
されどダンカン往《ゆ》いて還らず、
　喜び吾に來る日はなし。

麥の穗裕《ゆた》に熟《う》れ裂《はじ》けなば
　鎌を取る手は麥を刈るなり。
されどダンカン　熟《みの》りも果てず
早逝《ゆ》きしこそ悲しからずや。
秋吹く風は荒れ騷げども
　枯れし葉のみぞ散りよぼひぬる。
されどダンカン　吾等の花は
　咲き匂ひつつ　早凋《しぼ》れたり。

速さは　山に獸《けもの》を追ひき、
　聽《さと》さは　人の惱みを釋《と》きぬ、
猛《たけ》さは　血刀《ちがたな》振りて攻めにき。
　ダンカン何ぞ深く眠るや。
山の端《は》に置く露と消え果て

流れに泛《うか》ぶ水泡《みなわ》と消えつ
泉に噴ける水沫《しぶき》と消えて
ダンカン　往《ゆ》いて還る日はなし。

17

可哀想なスチュウマ、故人がすこしでも聲をかけると、露のおりた草原を稲妻のやうに飛んで行つた忠實なスチュウマ、故人の愛犬スチュウマは、棺臺により添つて不審相に主人の屍體《しかばね》を眺めてゐたが、馴れぬ足音を聞きつけたらしく、急に頭の毛を逆立てて耳をぴくりと尖らした。それは死者を弔《とむら》ふ悔《くや》みの客が足音をつつしんで來るのではない。忙ぎの用事か激しい恐怖に驅《か》り立てられて一目散に飛んで來る足音ではないか。――膽《きも》を潰してゐる一坐の者に目もくれず、近侍マリイスは廣間の中へ飛び込みざま、屍體を横へた棺臺の側に突立ちながら、血塗られた十字架を高く捧げて怒號した、「集合場所はランリックの原。十字のしるしを早く引繼いで走れ。一族の皆は急いで集れ。」

18

ダンカン家の嫡男エンガスは聲に應じて跳び出し、『火焔の十字架』を引摑んだ。今は亡き父の大小を、若年ながら我が腰に手早くつけたが、口に出せない苦しみを兩眼に湛《たゝ》へて自分を見詰めてゐる母に氣が付いた時、腕を擴《ひろ》げて迎へる慈母の胸に身を投げかけて、熱い別れの接吻をその唇に押しつけた――「あゝ」と母は咽《むせ》び泣きながら言つた「行きなさい、急いで走るのです、流石はダンカンの伜《せがれ》だと言はれるやうに。」 エンガスは父の棺臺に目禮して、漲り落ちる涙をふり拂ひ、深く一息入れて胸の苦惱を拂ひ退け、羽根を飾つた帽子を高く一と振《ふ》りしたかと思ふと、綱を解かれた純種の若駒が始めて自分の元氣と速力を試《ため》してみるかのやうに、見てゐるうちに姿を沒して、沼を越え澤を渡り、『火焔の十字架』を捧げたまま疾風のやうに走り續けた。母は涙を押へて、消えてゆく息子の足音を聞いてゐたが、近侍マリイスが日頃にも似ず、氣の毒さの餘りに眼を濡らしてゐるのに氣が付いて、「同族の御方」と呼びかけた。「宅の主人が貴方の使命を引繼いで走る筈で御坐いましたが、御らんの通り亡《な》くなつてしまひました。ダンクラガンの村の護りの勇士は斃れました――今となつては若い伜《せがれ》一人が村中の賴みの綱で御坐います。しかし神は孤《みな》兒《しご》の父と申しますから、伜が無事に御役目を果しますれば、きつと神樣はあの子を御護りくださいますでせう。――それから、お前達は今迄度々難儀《なんぎ》な時にも忠義を勵んで、ダンカンの命令のままに劍を執つて呉れましたね。さあ急いで戰《いくさ》の準備をなさい。そして父を喪《な》くした伜の身を守つてやつておくれ。死人のお悔《くや》みは女子供に任しておくれ。」それつとばかりに部下の一隊は壁に掛け並べた刀や楯を手に手に取外し、戞々たる武具《もののぐ》の音と勇ましい喊聲《ときのこゑ》を廣間中に響かせた。戰士にとつて懷《なつか》しい劍戟の物音が聞えたら、死んだダンカンも棺臺から起上つて來さうな氣がして、今迄泣いてゐた妻のやつれた眼も、ふと元氣さうに輝いたが、それも束の間で、一時の附け元氣はすぐに消え、どうしやうもない悲しみに壓《を》しつけられて、こらへ切れぬ涙が頰を流れ始めた。

19

ペンレヂの山麓からストラス・アイアの谿谷を通り拔け、谷といはず山といはず、非常呼集の『火焔の十字架』は電光のやうに飛んで行く。眼に溢《あふ》れる涙を山風よ吹き乾かせとばかりに、少年エンガスは一足も休まずに駈けつづけた。チイス河に注ぐレニの流の瀨の音の響くあたり迄走つて來ると、暗い色の谷間に一と際《きは》鮮かな綠の葉を茂らせてゐる小山の手前に、聖ブライド寺院が見え始めた。レニの河幅一つぱいに水嵩《かさ》は增してゐたが橋まで廻る道は遠い。眺めるものの目も釣りこまれて眩々《くらくら》する程、水の勢は、激しく押し流れて眞黑な川波が渦巻いてゐたが、岸邊に立つたエンガスは僻易《ひる》みもせずに轟々と鳴る激流の眞只中に跳り込んだ。右手に高く十字架を捧げ持ち、左手にしつかりと長柄《ながえ》の鉞《まさかり》をついて河底の足場を探《さぐ》り固めて進んで行く。二度もよろめいた——飛沫は高く散り、波はますます響を立てて漲《みなぎ》り流れてゐる。もしもエンガスが滑《すべ》つて波に攫《さら》はれたら——父亡きあとの御曹子、ダンクラガンの邑長《むらをさ》の世嗣《よつぎ》の命は無かつたらう。臨終の床に臥す人がしつかと十字架に縋りつくやうに、エンガスは此の戰ひの十字架を愈々《いよいよ》固く握りしめながら、たうとう向ふ岸に渡り着き、寺院を目指して懸命に走り去つた。

20

その朝のこと、陽氣にはしやぐ男女の一群が聖ブライド寺院に繰込んだ。トムピイのメリイがアーマンデイブの世嗣のノーマンと神前の誓を取交はす婚儀があつたのだ。もう式も滞《とどこほ》りなく濟《す》んで、婚禮の行列がゴチック風の弓門から又繰出すところである。鄙《ひな》びてはゐるが嬉しさの滿ちた行列の面々《めんめん》には、帽子を被《かぶ》つた親爺《おやぢ》さん達がゐる、頭巾《づきん》を著《つ》けた主婦《おかみ》さん達もゐる。市松模様の外衣《マント》を着込んだ若い衆達の冗談まじりの惡《わる》ふざけを、リボンを結んだ處女《むすめ》達が知らないふりして澄《す》ましてゐる。子供達は理《わけ》も解らずに黄色い聲で歡聲を擧げてゐる。うら若い綺麗な新婦の前に進み出て我勝に腕に撚《より》をかける樂師達もゐる。朝露をおくバラの花のやうに、花嫁のうつむいた眼には涙が光り、かくさぬ頰には紅葉が散つてゐる。歩るきつきも未だ處女《むすめ》々々《く》してゐて、眞白な頭巾を支へる手附も恥しさうだ。彼女と並んだ立派な新郎は、この花嫁を分捕つたぞと言はぬばかりに、勝誇つたやうな顔をして意氣揚々と歩いてゐる。母親は嬉れしくてたまらぬ口元《くちもと》を花嫁の耳に寄せて、元氣を出させようと何やらくどくどと囁いてゐる。

21

寺院の門口で、この一行とぱつたり出遭《でくは》したのは誰であつたか。あゝ、それは恐怖と死の傳令ではなかつたか。エンガスは慌て切つて言葉も急《せ》き込み、その眼には憂ひの色を湛《たた》へながら、道中の埃にまみれ、今しがた徒渉した川水にびしよ濡れになつた姿のまま、火と劒との恐ろしい十字のしるしを高く捧げて、型通りの言葉を呼ばはつた。「集合場所はランリックの原。十字のしるしを早く引繼いで走れ、ノーマン急げ。」あゝ、花聟は神聖な絆《きづな》で我が手に結ばれたばかりの花嫁の手を振り切つて、火と劒とを示す狂暴な十字架に持ち代へなければならないのか。こんなにも樂しく明《あ》け、夜の歡樂を約束してくれた今日の一日が、未だ暮れぬうちに、もう貰つたばかりの花嫁から別れて行かねばならないのか。恐ろしい運命だ。どうしても別れて行かねばならぬ。アルパイン一族のためだ、頭目の御信任をどうする。召集の合圖だ。一刻の猶豫も許されない。さあ行け、行け、大勝の駿足に任せて走り去れ。

22

しかし、市松模樣の外衣《マント》を脫ぐ彼の手は遲《のろ》く、未練げに美くしい花嫁を見詰めてゐた。彼女は悲しくなつて泣きだしたけれど、今となつては慰めてやる時間は無い。よし、とばかりに二目《ふため》とはふりかへらず、ノーマンは川沿ひの路を驀《ばく》進して、後をも見ずにヒースの原を駈け拔け、ラブネグ湖の水がチイス河となつて流れるあたりを飛んで行つた。——まち焦《こが》れた期待を外《はづ》された苦《にが》い失望に胸は痛み、今は空《あだ》となつたが今日一日の樂しかつた空想の綿々として盡きぬ思ひ出は、走つて行く彼の胸を騷がせてゐた。けれども、切々たる愛戀の情ばかりに浸つてゐたのではなく、軍人としての高名手柄をたてたいと思ふ男一匹の熱望も燃えてゐたし、氏族《うぢ》の爲だ、頭目の御爲だと感じる熱血つて出陣に臨んでの嵐の樣な狂悅もこみあげて來たし、流石は『高地《ハイランダア》』人だけあも沸《たぎ》つてゐた。しかも戰場で見事な働《はたら》きを見せ、嚇々たる武勳を兜の前立に飾つて村に歸り、メリイを我が胸に抱きしめてやりたいと、ひたすら願つてゐたのである。さまざまに思ひ亂れながら、燧石《ひうちいし》から飛び散る火花のやうな勢で、川の土堤《どて》や斷岸《きりぎし》を疾走してゐるうちに、包みきれぬ昂然たる意氣と熱烈な情念とは、卽興の歌となつて口をついて出たのである。

23

歌

今夜の寝《ね》床《どこ》は　野のヒース、
枕屏風は　羊歯《しだ》の葉よ、
歩哨の靴音　聞いて寝《ね》よ。
　可愛いお前は　何処《どこ》ぞいな。よー、メリイ。
血染《ちぞめ》のマントを　床《とこ》にして
明日《あす》は寝たきり　動けまい。
可愛いお前が　泣いたとて
　お祈りしたとて　目が覚めぬ、よー、メリイ。

可愛いお前が　泣くやうな
心配事は　もうやめた。
可愛いお前の　約言《かねごと》も

　嬉れしいことも　忘れましよ、よー、メリイ。
アルパイン族が　打つて出りや
絞《しぼ》る弓弦《ゆづる》と　胸が鳴る、
矢羽根《やはね》を切つて　足が飛ぶ。
　何もくよくよ　焦《こ》がれまい、よー、メリイ。

戰《いくさ》で立派に　殺《や》られたら
最後《いまは》の際《きは》まで　しみじみと
お前を焦《こが》れて　死んで行《ゆ》こ。
　その時までは　知らぬぞえ、よー、メリイ。
勝つて歸つて　御《ご》ゆるりと、
語る夕べは　たのしかろ、
「喃《のう》　花嫁御《はなよめご》　お聟殿《むこどの》
おやすみなされ」と　鳥も啼《な》こ、よー、メリイ。

24

パルキダアの村外《はづ》れの、ヒースの茂る山腹を匍《は》うて走る眞夜中の野火は、炎々と天を焦《こ》がして谷から谷へつたひ、崖《がけ》といふ崖を火焔で包み、山の下の暗い湖を眞赤に染めると言はれてゐるが、その火脚《ひあし》とても、戰ひに呼ぶ十字架のやうに速く遠く燃え擴《ひろ》がることはないだらう。十字のしるしは物寂《き》びたヴォイル湖畔に騷然たる喊聲を起させ、靜に眠るドイン湖を蹶起《けおこ》し、バルベグの流に添ふ一帶の土地を、其の川上まで驚かせた後、進路を轉じてストラス・ガアトニの廣い谷間まで一散《いっさん》に南下したのである。いやしくもアルパイン族の末端《はしくれ》と名乘り得る者は、手が慄へて太刀を腰に結びかねる程の老人から、弓矢を向けても烏さへ恐れぬやうな若輩に到るまで、悉く武裝して立上つた。どこの谷からも、邊鄙《へんぴ》な谷蔭《たにかげ》からも、小勢ながら一隊の者が繰出して來た。あちこちの山から落ちる急湍が『高地《ハイランド》』の谷間で合流するやうに、進むに從つて人數も段々增し、喊聲もいよいよ盛んになつて、集合地に到着した時には數百の軍勢となつてゐた。一騎殘らず、血戰に逸《はや》り立つ猛者《もさ》ばかりで、生れ落ちてから刀槍の術を鍛《たた》き込んで來た精兵である。然も、氏族《うち》に對する義務以外には何の拘束をも認めず、頭目の名による誓約以外には何の約束をも無視し、黑鬼ロデリックの命令以外には如何なる法律をも蹂躪して憚《はばか》らぬ面々《めんめん》であつた。

25

その夏の朝の明けはなれる頃、黒鬼ロデリックは親《みづか》らベンヴェニュの山麓を偵察し、メンチース流域の境界地方の山野には隈《くま》なく斥候兵を派遣しておいたが、歸つて來ての報告は皆申し合せた様に、異狀なし、とのことであつた。好戰民族として知られたグレイム族の藩領にもブルウス族の所屬地にも戰雲さらに無く、レドノック城には待機する騎兵の姿も見えず、カアドロスの城門には軍旗もはためかず、ダハレイ城の塔には狼煙《のろし》も擧らず、コン湖には悠々と蒼鷺が遊んでゐるし、何處も平時狀態だといふ報告であつた。——ところで、これから勢揃ひの場所へ出かけようといふ矢先《やさき》であるのに、頭目ロデリックが氣懸り相な眼色を浮べて、西を限る境界のあたりを一心に眺め廻してゐるのはどうしたことだ。それはあの美しくも愛する人を殘して來たからである。ダグラスは約束通りに、その早朝小島を離れ、人目に遠い深い谷間に、荒れ果てた侘《わび》しい隠家《かくれが》を求めたのであつた。「山賊の巣窟」と呼ばれたその洞穴は、昔からしばしばケルト民族の歌枕となつたものだが、『低地《ローランド》』に住むサクソン人は「妖精《すだま》の洞穴《ほら》」といふ雅《みや》びた名を付けてゐた。

26

其處は追放人でさへ滅多に寄りつかないやうな、世にも稀な物寂しい隱れ場所であつた。山巓に窪んだその谷は、戰士の胸の傷のやうに深く切れ込み、大昔の地震のためにペンヴェニュの荒涼たる灰色の絶頂から轉《ころ》がり落ちた岩がごろごろしてゐる。隱家と定めた所には、かうした岩石が壘壘と積み重なり、恐ろしい塊《かたまり》となつて谷底を覗き込み、山中の岩窟《いはや》らしい荒彫《あらぼり》の門柱を造型《かたちづく》つてゐた。枝を交《まじ》へる柏と樺の葉蔭のために、其處は晝間も夕暮の薄明を漂はせ、ただ、陰陽師《うらなひし》の眼光がふと未來の底を見透すやうに、時折射し込む疎《まばら》な光線が岩壁や石疊に當つて、瞬間ちらりと光るばかりである。涓々《さらさら》と流れる泉の水音のほかには、嚴肅な程の靜寂を破る物音とてはなかつたが、湖水の波を蹴《け》上る大風が荒れまはる時には、波と岸の岩との絶間なき鬪爭の響音が、吹きつけてくる風の虛《うつろ》な聲に乘つて此の山の上まで聞えることもあつた。恐ろしい傾斜となつて凭《もた》れかかる絶壁は、灰色の洞穴の眞上から今にも崩れ落ちさうに見える。狼はこんな岩穴に巢をくつて仔を產むだらうし、山猫が仔を匿《かく》すのもこんな所に違ひない。しかしダグラスと美くしい娘とは安全を求めて暫らく此處に身を寄せたのである。「迷信」といふ白髮の老婆が、「彼處《あそこ》は妖精達が巢《す》寄《よ》りするところだ。あそこは森に棲む人面羊身の魔物の祀《ほこら》だ。そんな邪神が月影を浴びながら會《え》體《たい》の知れぬ妖《あや》しげな舞踏に打興ずる有様を、不謹愼にも盜見《ぬすみみ》などする身の程知らずの人間は、直ぐにも眼玉が潰《つぶ》れてしまふぞ。」と恐ろしい聲で囁くものだから、この洞穴に踏み込む人間は一人もなかつたのである。

27

西空に長く影を曳《ひ》く夕燒がカトリン湖上に燦々《きらきら》と映《うつ》つてゐる。ロデリックは選《え》りすぐつた精兵數人を從へて、荒廢したビイアルナンボ峠を辿り、「妖精《すだま》の洞穴《ほら》」を下に見てベンヴェニュの峰を再び横ぎる歸り路であつた。逸《はや》り切つた家來達は湖岸から早く舟を出さうとして足早に進んで行く。なぜならロデリックの豫定の行程は、カトリン湖を横斷してアハレの道々を見廻つた後、集結してゐる一族郎黨の閲兵を行ふ手筈であつたからだ。それのに日頃にも似ず、首領ロデリックは鬱々と思ひに沈み、家來達にずつと遲れて重い足を運んでゐる。太刀持小姓が只一人御供してゐるばかりで、他の者は疾《とつ》くに叢林を突破して、もう湖岸で大將の御着を待つてゐるのである。斜陽を浴びた彼等の姿を近くの丘から眺めると、美くしくも勇ましい觀物《みもの》であつた。その堂々たる濶歩と凛然たる態度を見れば、膂力衆に秀で、骨柄類を壓する撰り拔きの面々であることが遠方からでも直ぐ識別《わか》る。兜《かぶと》の羽根飾を風に靡《なび》かせ、辨慶格子の外套《マント》を翻へし、小楯《こだて》を夕陽に煌《きら》めかせながら、小舟を圍んで立ち列ぶ武邊一徹の荒武者達の一群は、山中の湖畔を背景にして、繪卷物の樣な見事さであつた。

28

しかし彼等の首領の足は澁《しぶ》り、まだ岩山を立去りかねて、ダグラスの隱家の方へ通ずる岐路《わかれみち》の近くを行きつ戻りつしてゐた。戰亂の阿修羅の雄叫びに浸り切つて女々しい愛着を忘れよう、エレンのことなぞ考へまいと、傲岸不敵の心の底で堅い誓を立てたのは、つひ今日の曉方《あけがた》のことであつたが、强固な決心の力で愛慾を克服しようと試みることは、砂で流を堰きとめ、麻繩で焔を縛るよりもつと難《むつか》しい。もう夕方には、頭目とも仰がれる彼の姿が、迷へる亡魂の樣に失つた寶の近くを徘徊してゐたのである。驕慢な自尊心は別れの一と目を禁じてゐたけれども、聞耳《ききみみ》を聳《そばだ》ててエレンの聲なりと洩すまいと遣瀨《やるせ》ない思ひに亂れながら、梢を搖《ゆす》ぶる風の音を呪つてゐた。しかし聞け、木の葉のざわめきの合間々々に響いてくるのは何だらう。あれは聖歌の調子に絃《いと》を直《なほ》して、嚴《おごそ》かな和音《くわおん》を緩々《ゆるやか》に奏《かな》でるアラン・ベインの竪琴《たてごと》の音ではないか。絃《いと》の音に合せて歌ふのは誰だらう。あの涙を誘ふ歌聲はエレンではないか、エレンでなければ天使の聲にちがひない。

29

聖母讚歌＊

アヴェ・マリヤ、やさしき處女《をとめ》、
ききたまへ　乙女の祈《の》りを。
荒れし野に　望も絶えて
拜《おろが》めば　救ひたまはむ。
罵《のの》しられ　逐《を》はれし身をも
護《も》りたまへ　眠らせたまへ。
子の願事《ねぎ》を　乙女の祈《の》りを
ききたまへ　母よ　處女《をとめ》よ、
アヴェ・マリヤ。

アヴェ・マリヤ、淨《きよ》き處女《をとめ》よ、
汝《な》が守り　吾等にあらば
石の床　冷《つめ》たけれども
鴨の毛の　和毛《にこげ》と思《も》はむ。
洞穴《ほらあな》は　暗く濕《しめ》れど

汝《な》が笑《ゑま》ひ　香にこそ匂へ。
子の願事《ねぎ》を　乙女の祈《の》りを
ききたまへ　母よ　處女《をとめ》よ、
アヴェ・マリヤ。

アヴェ・マリヤ、天津乙女よ、
輝ける　汝《な》が御前《みまへ》には
この洞《ほら》に　棲み籠りたる
物怪《もののけ》も　逃げて失《う》せなむ。
導《みちび》きを　下《くだ》したまはば
辛らき世の　運命《さだめ》しのばむ。
父のため　その子の祈《いの》る
早乙女《さをとめ》の　願事《ねぎ》をききませ、
アヴェ・マリヤ。

30

讃歌の聲は絶え、琴の音も止《や》んだ――アルパイン一族の大將ロデリックは未だじつと聞き澄ましてゐるかのやうに、長劔を杖についたまま身じろぎもしない。小姓は二度も、西空に落ちかかる日脚《ひあし》を畏《をそ》る畏る指した。その時、市松模樣の外套《マント》を羽織りながら、「これが最後だ、これが最後だ、あの天使のやうな聲を聞くのも、これが最後だ。」と呟くのであつたが、かう考へると彼はたまらなく血の沸くのを覺えて――山腹をひた走りに駈け下りて、陰鬱な形相も物凄く、用意の小舟に飛び乘つた。と、忽ち小舟は矢のやうに飛んで銀色の入江に漕ぎ寄せ、一同は舟を捨てて東へと路を急ぎ、落日の最後の一閃の輝く頃、ランリックの丘に到着した。その下の野原にはアルパイン一族の軍勢が陣を張つて屯《たむろ》してゐたのである。

31

各々《めいめい》思ひ思ひに、坐つてゐるものもあり、立つてゐるものもあり、ぶら〳〵歩るくものもゐたが、大抵《てい》は外套《マント》にくるまつて地に臥して休んでゐた。深く茂るヒースに埋もれてゐるので、氣をつけて見ても識別《みわけ》が付かない程、身を包む辨慶格子の外套《マント》の色と、ヒースの花の澁い色彩や靑綠の羊歯《しだ》の葉の色とが調和してゐる。只そこここに、葉蔭を潜《くゞ》る土螢《つち》の明滅する光のやうに、刀や槍の穂先が閃々《ちらちら》と光りを放つてゐた。夕暗を押分けてやつてくる大將の鷲の羽根飾に氣付いた一同は、荒々しい聲を擧げて萬歳を絕叫し、靜に眠る山の崕を震撼した。三唱する萬歳に應じて湖水も沼地も雄叫びの聲を反響したが、ボキァスルの平原にその叫喚は消えてゆき、野山は再び夕べの靜寂に包まれた。

卷ノ四　豫言

1

ヴェナカアの湖《うみ》の廣きに　あかあかと　陽の昇るとき、
若けれど　アマンデイブの　長《をさ》を嗣《つ》ぐ　ノーマンの歌――
「蕾《つぼみ》せる　バラの花辨《はなびら》　咲き初《そ》むる　色こそ匂へ、
恐れ去る　胸の曉　湧く望み　朗かなれや、
朝露の　置けるを見れば　バラの花　香にこそ匂へ、
泣き濡《ぬ》るる　吾がはしけやし　戀人は　いよよ戀しや、
吾が思ふ　人にかも似し　野に咲ける　バラの花辨、
行く末の　戀と望みの　しるしとて　手折り摘みつつ
吾が挿《さ》すや　帽子の緣《ふち》に　風うけて　靡《なび》け野の花。」――

2

愛慾に焦《こが》れる新郎ノーマンは、鉞《まさかり》と弓とを地上に寢かして、野バラの小枝を摘み取りながら、口の端にのぼつてくる此樣な埒もない譫言《たはごと》を、語るともなく歌ふともなく口吟《ずさ》んでゐた、彼は昨夜から哨兵として徹宵警備の任に當つてゐたのである。物音だ――岩を踏み鳴らす足音――彼は武器に跳びついた。「止《と》まれ、動くと命がないぞ――なに、マリイスか――デュウンの崖《かけ》から御早い御歸りだね。足取も眼付も張り切つてゐるところを見ると、敵狀偵察の收穫を持參したね。」――(『火焰の十字架』が野山を馳けめぐつてゐる間、マリイスは深く敵地を探つて來たのであつた)「大將は何處で御休みになつてゐられるのか」と近侍マリイスが言つた。「皆のものから離れて、向ふの霧深い森の中で御一人で御休みだ。俺が案內してやらう。」――ノーマンはさう言つて、すぐ傍に寢そべつてゐた兵士の名を呼び立てながら、弦《つる》を弛《ゆる》めた弓の先《さき》で衝《つつ》き起した――「起ろ、起ろ、グレンターキン、俺が歸つて來るまで嚴重に通路の張番を賴んだぞ。」

3

二人は連れ立つて細徑《みち》を急いで登つた。「敵の樣子はどうだ」とノーマンが聞く、――「場所によつて報告も種々《まちまち》だが、髄なところ――火急の命令一下すれば直ぐ様《さま》出動出來るやうに、一隊の兵士が二日前からデュウン城内で待機中だ。それ迄は、ジェイムズ王は顯官重臣を集めてスターリング城中で酒宴を催すらしい。だが、このむくむくと擴がる眞黒な戰雲は、いまに我々の棲む谷間谷間に雷鳴を轟かせるのだ。それしきの難戰にはかねて充分修練濟《ず》みの我が軍勢のことだ、この辮慶格子の外套《マント》一枚さへあれば雨でも矢でも降つてくるがいい。しかしノーマン、貴樣の綺麗な花嫁さんを何處に避難させてやつたのだい。」――「何だつて、貴樣知らないのか。ロデリック樣の御心配で、一族の娘や内儀《おかみ》や子供や、それに戰爭に使へぬ老人達まで、みんなあの離れ島に隱れることになつたんだ。島の岸に繋《つな》ぐ舟以外には、傳馬といはず帆掛といはず、舟といふ舟は一艘殘らず此の界隈《かいわい》の湖水に流し放題《だい》にしてはならぬ、愛《う》い奴共の安全を計れ、との御命令だ。」

4

「流石は大將の妙案――一族の親御たるに恥じない御計略だ。それはいいが、なぜ黑鬼ロデリック樣は忠勇な士卒を遠ざけて、御一人きりで御休みになるのだらう。」――「隱者のブライアンがターハームといふ占《うらな》ひ――危急存亡の秋以外には修法を禁じられてゐる恐ろしい占ひを、昨夜からやつてゐるんだ。昔、吾々の祖先が戰爭の勝敗を占つたのも、矢張りその秘法だつたさうだ。ダンクラガンの眞白な牡牛が犧牲にされたよ。」

マリイス

「あゝ、あれか、あの立派な畜生なら俺もよく知つてゐる。一黨の者共がガランガッド地方を掠奪した時の一番の獲物だつたよ。雪の樣に眞白な毛並で、角は眞黑で、眼玉が火花のはじけるやうに眞赤に光つてゐたつけ。足も疾《はや》いし、氣性も荒いし、手に負《を》へない奴で、退却《ひきあゆ》る時には隨分手古摺らせおつた。ビイアルマーハ峠の坂道では、威勢のいい歩兵の奴等まで恐れて手が出なかつたよ。しかし山路は嶮《けは》しい上に石塊《いしころ》だらけと來てゐるし、槍兵が追ひ立てて尻を衝《つつ》き廻したもんだから、デナンズ・ロウまで歸つて來た時には、子供が奴の頭を撲《ぶ》つても暴れなくなつたものだ。」――

5

ノーマン

「その牛だよ、殺されたのは。彼處《あそこ》の廣い崖際《がけぶち》は『勇士の楯』と呼ばれてゐるが、あの大きな絶壁の黑い岩角を廻《めぐ》つて瀧水が轟々と波を擧げて落下してゐるだらう。剝《は》いだばかりの血腥《なまぐさ》い牛の皮を被つたブライアンが、その斷崖の裾の石疊の上に坐を占めたものだ。なにしろ鳴りひびく瀧壺を覗き込む處だ。眞逆樣に落下する水勢に押されて慄へながら、絶え間もなく散る飛沫を浴《あ》びてぐしよぐしよに濡れながら、岩の咆哮と水の轟音の眞只中で、隱者ブライアンが占ひの幻の出現を待ちかまへてゐるわけなのだ。大將の御休み場所は其處から遠くはない。――しつ、見ろ、霧と茂みを縫つて緩々《のろのろ》と足音もさせずに、あの岩角まで隱者がやつて來るぢやないか。そら、突立つたままで寢靜まつた我軍の陣營を凝《じ》つと見下ろしてゐる。おい、マリイス、彼奴は丁度、屠られた大部隊の屍體が散亂するあたりを徘徊してゐる亡靈のやうではないか。それとも、射止《いと》めた鹿の肉を切り裂く時に、柏の枯枝に棲《とま》つたまま、少々御裾分《おすそわけ》に與《あづか》りたいと云はぬばかりに、陰氣な聲で啼きたてる大鳥のやうに見えないか。」

　マリイス

――「止《よ》せ、止せ、俺だから構はないやうなものの、他の奴等に聞かせたら、貴樣の言草《いひぐさ》は緣《えん》起《ぎ》でもないと思ふだらう。あの惡魔の申し子の坊主奴が、地獄極樂の三千世界からどんな占ひを拾つてきても構ふことぢやない。アルパイン一族の運命と保證とは、ロデリック樣の刀の切味《きれあぢ》ひとつにかかつてゐると、飽くまで俺は信じてゐる。そら大將が坊主の傍へ御出ましだ――一所に岩角から下りて來られる。」

6

アルパインの頭目と並んで歩きながら、隱僧は嚴肅な語調で述べてゐた――「ロデリック樣、限りある命を煩惱の土塊《つちくれ》で包んだ人間で御坐います。熱病のやうな激痛と氣絶するやうな惡寒《をかん》に苛責《さいな》まれ、眩《くら》む眼は見開《みひら》いたまま石のやうに動きもせず、髮の毛は戰士の槍のやうに逆立つ人間で御坐います。人間界に產れた者にとりましては、閉された未來の帳《とばり》を引揚げて覗き込むことは、眞に恐ろしい苦鬪で御坐います、到底敵《かな》はぬ業《わざ》で御坐います。しかし御覽あそばせ、この私の慄への止《と》まらぬ手足と、絕え絕えの鼓動と、霞む兩眼と、惱亂に引き裂かれた靈とが慥《たしか》な證據で御坐います、大將の御爲とばかりに、私はあの恐ろしい思ひを堪へ凌《しの》ぎましたぞ。――物凄い私の座を訪れて來た幻を語ることは、人間業《わざ》では出來ないことです。幻が現はれたら恐ろしさのあまりに息の根が絕えるでせうし、もしや命があつたとしても人間の言葉では到底御傳へ出來るものではありません。幸ひに、この私は人間と亡魂との間に生れ落ちたばかりに、普々《なみなみ》ならぬ力を授かつて居りますが――運命の答は遂に現はれました。人間の言葉で告げられたのではありません、書き物に明らかに誌《しる》されたのでもなかつたのです。燃え上る焰の文字で私の靈に烙《や》き印《つ》けられましたことは――

まづ先に敵人の血を流したる軍勢こそ、
この爭ひに戰ひ克《か》たん

とありました。」

7

「ブライアン、お前の熱誠と骨折とに禮を言ふぞ。それにお前の占ひは大吉でもあり公平でもある。これまでの戰鬪でも、アルパイン族の長劍は必ず先手を打つて最先《まつさき》に敵の血を嘗《な》めたものだ。今度はそれを待つまでもなく、もつと慥な一人の犧牲が自分の首をさし延べて、吉兆の一擊を待つてゐるんだ。今朝がた、敵の間者が領內に入り込んで來たが――氣の毒ながら夕方までには二度と歸れなくしてやる積りだ。郞黨共が四方の通路の入口を固めてゐるし、間者に買はれて道案內を務めてゐる赤髮《あかがみ》マードックには先刻命令を出して置いた。間者を脇道へ連れ込んで、谷底の路か褐色の谿谷で味方の誰れかにぶつつからせて、彼奴を斃して仕舞へとな。――だが、見ろ、誰れか報告を齎《もたら》して來る。マリイスか、敵軍の樣子はどうぢや。」

8

「は、デュウン城では槍や刀を立列べ、驕《をご》る殿原の二流の旗が飜つて居りました。マリ伯の銀星旗とマー伯の黑條旗と見てとりました。」「聞き捨てに出來ぬ吉報だ。好敵手の名前を聞いて俺《わし》は嬉しいぞ。して何時頃出陣の模樣であつたか」――「明日正午頃、戰備を整へて此方へ推參致すことと存じます。」「ではひとつ激しい手合せを見せて吳れよう。――で、戰場だが――さうさう、友軍の*アーン族に就いては何の情報もないのか。あの一族の救援があれば、ベンレヂの山路で充分に敵を迎擊出來るんだが。なに、情報がない。よし、では我が一黨の者に木深いトロサックの峽谷を固めさせよう。一族の女達が揃つて見てゐる目の前で、カトリン湖盆地の入口を守り戰ふのだぞ。各々《めいめい》我が家のために戰ふのだ。父は子のために、子は親のために、若者は戀人のために――はて、これはどうしたことだ――俺《わし》の眼をくすぐるのは風であらうか、それとも疑惑と恐怖の使者といはれる不吉の涙が出てきたのか。いや斷じてさうではない。いかにサクソン人の槍がベンレヂ山を衝《つ》き動かさうとも、黑鬼ロデリックの不敵な魂、信賴する楯のやうに頑强なこの胸板が、疑惑や恐怖のために刺貫《さしつらぬ》かれて堪《たま》るものか。――一同部署に就け、――各々《めいめい》の役目を果せ。」首領の眼の合圖の儘に、軍樂は吹奏せられ、部隊は出動を始め、長劍はきらめき、軍旗はひるがへつた。――（作者申す、轟々たる戰雲をしばらく離れて、再び『妖精の洞穴』を訪ねてみよう。）

9

何處へ出かけたのかダグラスの姿は見えない。エレンは洞穴のすぐ傍の灰色の石に坐して悲嘆に暮れてゐる。慰めようといろいろ話しかけるアランの言葉も彼女の耳には這入らなかつた。——「殿様は御歸りになります——お孃様、嘘《うそ》は申しません——多分——いや必ず——嫣然《にこにこ》して御戻りで御坐いませう。粗暴なアルパイン族の連中でさへ、押寄せてくる戰雲を見て首を縮めてゐる位ですから、今にも舞立ちさうな戰塵を嫌つて、何處か遠方の隱れ場所を殿様が探しに御出かけなさいましたのは、全く一番好い潮時で御坐いましたよ。昨晩爺《ぢい》が眺めて居りますと、夏の夜長にまかせて、灯を列《つら》ねたアルパイン族の小舟が澤山、北極光の閃きのやうに湖上を流れて居りました。今朝になつて見ますれば、舟と舟とが寄添ひながら離れ島の岸邊に繋《つな》がれてゐるのです。まるで、谷間を見下ろす中空から鷹が舞ひ下る時、野鴨の群が沼の片隅に竦《すく》んでゐるやうな有様で御坐います。してみれば、アルパイン一族ともある荒々しい人々も、陸地で危難がふりかかるのを辛抱できなかつたものと思はれます。ですから、お父上様が御心配遊ばして、お嬢様の爲に何處か安全な避難所を御用意なさりたいのも當然では御坐りますまいか。」

10

エレン

「いいえ、アランや、お前の親切な誤魔化しも、一旦眼を開いた私の心配を眠らせるわけにはゆきません。御出掛のときお父様は、優しいながら嚴《おごそか》な御言葉で別れの祝福を下されました。あの時お父様のお眼には涙の露が光つてゐたが、堅い尊い御決心の色が隱れてゐませんでした。湖水の波はすこしの風にも亂れがちだけれど、微塵も動かぬ岩の姿を映すではないかい。心弱い女の身ながら、私はお父様の御心持がどうやら推察できますよ。お父様は、とりどりの戰《いくさ》の噂をお耳に挿《はさ》まれ、爭ひの種《たね》は御自身にあつたと御考へです。いつかの話の序《ついで》に、お前がとりとめもない夢物語を御聞かせ申した時、この私が卷きつける鎖にかかつてマルコム・グレイム様が縛られなさるといふ條《くだり》のところで、お父様が嚇《かつ》と顏色をお變へになつたのに氣がつきましたか。なにもお前の占ひを眞《ま》に受けておいでになる理《わけ》ではないが、お父様はあの親切な青年と――（好き嫌ひを言ふべき時ではないから）誠實な味方ロデリック様との事が御心配だつたのです。御二人ながら私達のお蔭《かげ》で危ない身の上におなりだから。爺《ぢい》や、かうなつたら父ダグラス伯は、もうじつとしてゐられない御氣性です。さもなければ、あの時『此の世で再び逢へないなら、天國で巡り會ふとしよう』などと、嚴《おごそか》な御訓諭《をさとし》をたまはる筈がないし、『日暮になつても歸つて來なかつたら、お前はキャンバス・ケネス寺院へ出かけて、これこれの者だと名告《なの》れ』などと仰言《おつしや》る道理もないではないか。あゝ、お父樣は我が身を捨てて御友達の安泰を計るために、蘇格蘭《スコツトランド》の王樣の御前へ御出になつたに違ひはない。私も男の子に生れてゐたら、きつとさうせずには居られまいが。」

11

「いやいや、エレン樣、お孃樣――お父上樣は、また會ふにはあの寺が都合がよかろと御考へになつたまでで御坐いませう。御安心なさいませ、殿樣は御無事でゐられます。それからグレイム樣――勇ましい御名前に神樣のお惠がありますやうに――グレイム樣の御身の上に就いての私の夢が、正夢《まさ》だと判《わか》る折が參りませう。私の神通力の夢が何時噓を申上げましたか。小島に旅の者が訪ねて參つた時は如何でしたか。今のこの災難をてつきり占《うらな》つた私の竪《たて》琴の鈍い音を何と思召されますか。恐れを知らせる私の占ひは外《はづ》れませんでした。私の占ひが歡《よろこ》びを告げる時にも御信用遊ばして間違ひは御坐いませぬぞ。あゝ、この陰氣な場所を立去りたいものです。妖精《すだま》の洞《ほら》穴《ら》には何時も不幸な運命が籠つて居ります。それについて爺奴《ぢいめ》が存じて居りまする不思議な昔物語を、ひとくさり歌つてお耳に入れませうか。お孃樣、もう悲しさうな御顔をなさらないで——これまでも度々御悲嘆をお慰め申上げた私の竪琴を鳴らしますから——」

エレン

「どうとも好きなやうにしておくれ。私は聞いてゐるけれど、流れる涙が止まらない。」老樂師はそこで古拙な一曲を彈じた。しかしエレンの心は遥か彼方《かなた》に飛んでゐたのである。

12

古民謠*

森の梢に　木の葉が茂つて　眞靑ぢや、
小鶇《つぐみ》が啼く　黑鶇《くろつぐみ》が啼く　おもしろや、
鹿《か》の子が飛ぶは、犬奴《いぬめ》が追ふは、吠え立て吠え立て、
獵人《かりうど》が吹く　角笛《つのぶえ》の音《ね》は　おもしろや。

「アリイス・ブランド、吾《われ》は貴女《そもじ》が　愛《いと》しうてならぬ、
愛《いと》しいばかりに　生れの里を　失《な》くしたわ、

手に手をとつて　野越え山越え　住み暮すぞや
林の中に　落魄《おちぶれ》た身は　山賤《やまがつ》ぢや。

「アリイス貴女《そもじ》と　駈落した時　夜は暗《くら》うて
貴女《そもじ》の兄者《あにじや》を　つひ手にかけたは　辛《つら》いぞや。
それも貴女《そもじ》の　つやつや光る　髪のおかげぢや
それも貴女《そもじ》の　碧い眼色の　妖氣《まどはし》ぢや。

「太刀《たち》を執《と》らせば　音《おと》に聞えた　この吾《われ》の手が
手斧を握つて　山欅《ぶな》の立木を　伐《き》る體《てい》ぢや、
木の葉を重ねて　夜《よる》の褥《しとね》を　敷く草枕、
枝を並べて　岩窟《いはや》の門に　柵《さく》造る。

「被《かつぎ》の衣《きぬ》は　もう綻《ほころ》びて　寒うてならぬ。
琴の絃路《いとぢ》を　じやらした指で　なにしやる、

吾《われ》が射止《いと》めた　鹿《か》の子の皮の　山賤衣《やまかつごろも》
剝《は》いで綴《つづ》くる　白玉の指　ありがたや。

「このリチアードは　兄者を斬つたで　辛《つら》うてならぬ、
その氣もないに　ほんのでまかせ　運まかせ
停《と》める兄者を　そこ退《の》けたまへと　つひ手が廻つた、
暗い夜中の　狂うた槍の　鉾先《ほこさき》ぢや。

「烏《ゑ》帽《ぼ》子《し》直垂《ひたたれ》　なつかしかろと　もう着られまい、
紅《とき》の單衣《ひとへ》を　重ねた貴女《そもじ》も、葛《くづ》の葉の
朽《くち》葉の色の　手織の衣《ころも》、穢《むさ》いといふが
暖《ぬく》さ變らぬ　萌ゆる木の葉の　伊達衣《だてころも》。

「生れの里に　居られぬ身ぢやに　森にかくれて
世《よ》凌《すぎ》身《み》凌《すぎ》は　まこと辛《つら》いが　只二人、

死ぬまで吾は　アリイスのもの、アリイス貴女《そもじ》は
　何時何時までも　このリチアードの　持物ぢや。」

13

古民謡　つづき

あらおもしろや　あらおもしろや　青い木間《このま》は。
　アリイス姫が　唄ひきこえる　晴れ晴れと。
山欅《ぶな》は茂れや　柏《かしわ》の木膚《こはだ》は　茶色に固まれ、
　リチアード殿が　斧を鳴らして　伐《き》る體《てい》ぢや。

丘の主《ぬし》とて　棲み古したる　*小鬼の殿様——
　陰氣な顔ぢや、お聲を聞けば　おそろしや
破れ山寺　寺玄關を　風が吹く様《よ》な
　甲高《かんだか》調子の　なんと怖《こは》そな　御聲《おんこえ》ぢや、

「月の夜さ夜さ　車座組んだ　小鬼の舞の
姿かくしの　山欅《ぶな》と柏《かしわ》を　誰が伐《き》る、
小鬼の后《きさき》が　寵愛なされる　山の牡鹿を
不調法にも　矢羽根にかけて　誰が狩る、
ここの荒野に　踏込みながら　不覺者奴よ
小鬼御用の　*青い衣《ころも》を　誰が着る。

「*アーガン急げや　人間臭ひは　あちらの方ぢや、
アーガン和《わ》殿《どの》は　洗禮受けた　キリシタン、
十字のしるしも、　魔力退散　南無南無南無と
祈り上げても、　怖れて消える　理《わけ》はない。

「アーガン急げや　あの人間に　通力喰《かま》せ、
正氣も失《う》せて　眠れぬ病《えやみ》を　患《わづら》はせ、
苦しまぎれに　死のと思へど　おつと死なせぬ、

樂に寢かせて　死んで行かせて　なるまいぞ。」

14

古民謠　つづき

あらおもしろや　あらおもしろや　青い木間《このま》は。
鳴いた小鳥は　塒《ねぐら》について　もう寢たが
アリイス姫が　夜《よる》の灯《ともし》を　おつけなされた、
リチアード殿は　粗朶《そだ》を束《たば》ねて　御歸館ぢや。
禍小鬼《まがつこおに》の　アーガン鬼つ子　凄い鬼奴《め》が
リチアード殿の　御《おん》道筋に　邪魔ひろぐ。
リチアード殿は　十字をきつて　祈《の》り申したが
「血《ち》塗《まみ》れ指で　きつた十字は　怖くござらぬ」
凄い鬼奴の　アーガン鬼つ子　いうたとさ。

アリイス・ブランド　アリイス姫が　出てきていうた――
姫御前《ごぜ》ながら　恐れを知らぬ、勇ましや――
「殿の御手に　血《ち》痕《あと》がついて　腥《くさ》いと申す、
腥いと申せど　滲《し》みついたのは　鹿の血ぢや」――

「眞赤な嘘ぢや、嘘つき女郎《めろ》は　氣が強いぞや、
殿の御手に　血《ち》痕《あと》がつくは　人の血ぢや、
殿の御手に　生血がつくは　鹿であるまい、
貴女《そもじ》の兄者の　エザト・ブランドの　血の痕ぢや。」

十字のしるしを　あら勿體なや　空《くう》に誌《しる》して
アリイス・ブランド　アリイス姫が　出て云うた、
「リチアードの手に　血《ち》痕《あと》がついて　とれぬと申す、
汚れぬ吾が手の　十字のしるしを　どうさるる。

「物怪《もののけ》小鬼も　十字のしるしが　怖《こは》いとすれば
神頼みして　強《た》つて小鬼に　物申す、
そもそも和殿《わどの》は　何れの國から　ここに御出《おいで》た、
ここに御出た　和殿の用事は　何事ぢや。』

15

古民謠　つづき*

「あらおもしろや　あらおもしろや　小鬼の國は。
世の常ならぬ　小鳥が群れて　啼きしきる、
鬼界の殿が　衞士《ゑじ》藏人《くらうど》を　召し連れられて
手綱捌きの　轡《くつわ》鳴らして　御騎乘《ごきじやう》ぢや
「あらうるはしの　小鬼の國は　明るい光――
仇し光の　光の影ぢやで　はかなしや――
師走の日射《ひざし》が　雪や氷を　溶かそと照る樣《よ》な

それも甲斐ない　仇し光の　はかなしや。

「小鬼の國に　仕《さぶら》ふずるは　はかない影ぢや、
常ない影の　小鬼の姿は　ありなしや、
武士《さむらひ》姿で　御局《おつぼね》姿で　まかり御坐るが
侏儒《こびと》姿で　猿公《えんこう》姿で　消え申す。

明るい日暮と　暗い夜との　入れ替へ頃を
小鬼の國の　大殿樣が　治《しろ》しめす。
某《それがし》その折　罪業《ざいごう》深うて　斬殺されたで
小鬼の國の　佗《わび》しい里へ　さらはれた。

「强氣《つよき》の女人《にょにん》が　推參御坐つて　十字のしるしを
拙者の頭《つむり》に　三遍まはつて　かくなれば
もとの姿の　人間姿に　歸ると申す、

貴女《そもじ》のやうな　見事な姿に　なり申す。」

アリイス・ブランド　氣性の强い　女人でござる、
一遍二遍と　十字をかいた、あら怖《こは》や、
鬼つ子いよいよ　凄い鬼面《きめん》に　相なり申す、
洞穴《ほら》はいよいよ　眞暗暗《まつくらぐら》に　なり申す。

强氣《つよき》のアリイス　十字のしるしを　三遍かいたら
　これどうぢや、十字の下から　立つたるは
スコットランドの　國一番の　花形武士《はながたざむらひ》
アリイスの兄　エザト・ブランド　生《い》きて出た。

あらおもしろや　あらおもしろや　青い木間《このま》は、
　小鶫《つぐみ》が鳴く　黒鶫が鳴く　おもしろや。
*ダンファムリンの　御堂の鐘が　それ鳴り渡る、

三人揃うたら　青い森より　なほおもしろや。
おもしろや。

16

老樂人の一曲が終る頃、一人の旅の者が山の森を拔けて登つて來た。凜々しい足取、堂々たる物腰、リンカン染の獵服、銳い眼光——さうさう、思ひ出せば紛《まご》れもないあのスノーダンの騎士ジエイムズ・フイッツ＝ジエイムズではないか。エレンは呆然《ぼんやり》と夢見心地で眺めてゐたが、急に氣がついて思はず叫び聲を洩した。「あゝ、あのお客樣でしたか。折もあらうに、かういふ恐ろしい時を撰んで、一體なぜこんな處へ御出になりました。」「また貴女《あなた》に御目にかかれるとは、折もあらうになどとは言へません。先日道案內をして吳れた男が、あの時約束して置いた通り、今朝早く或る場所で私と落合ひまして、岸を傳ひ流れを涉り、先日どほりの樂しい道を案內して吳れました。」「樂しい道と仰言いますが——まあ、案內人は戰爭氣構へのことや、もう直き起る血戰のことや、關所を固めた峠のことなどを御耳に入れませんでしたか。」「いや、すこしも聞きません。それに災難がふりかかりさうな氣配《けはい》も、道中全く氣が付きませんでした。」「アランや、大急ぎであの步兵の所へ走つて行つて——それ、向ふに縞羅紗外套《マント》が見えるぢやないの——一體どういふ積りでゐるのか聞糺《ききただ》しておくれ。お客樣を無事に御案內申上げるやうに、ようく賴んでおくれ。御氣の毒に、貴方は何の氣で此のやうな所へ御出になりました。ロデリック一黨中の一番下賤な下僕《しもべ》をつかまへて、いくらすかしても威《おど》しても、大將ロデリックの目を盜んで貴方を此方《こちら》へ案內させようなどとは、到底無理なことなのですが。」

17

「美くしいエレン樣、貴女《あなた》の御心配にあづかるとは、私の一命もまんざら捨てたものではありませんな。しかし戀や名譽の重さを『死』の重さとを秤《はか》り較べる場合には、自分の命を塵芥《ちりあくた》ほどにも思はない私です。ここで御目にかかれたのは勿怪《もつけ》の幸ひ、突然ながら不躾《ぶしつけ》な私の考へを申上げます。御身《おんみ》のやうな美くしい花がついぞ咲かないこの荒野原から貴女《あなた》を連れ出して、恐ろしい戰亂沙汰のない遠方へ、おやさしい御手を執つて御案內致したいと思つて參上仕りました。ボキァスルの近くに馬を待たせて置きましたから、そこから馬の脊に乘つて、直《ぢき》にスターリングの城門に到着出來ませう。立派な局《おつぼね》に御滯在を願つて、脆い花瓣《びら》を守るやうに私が御守護仕りませう。」

――「あら、およし遊ばせ、御騎士《おさむらひ》樣。御心持が讀めないなどと申上げては、却つて女心の嘘《うそ》上手と思はれませう。この前の御出《おいで》の節、仇な私のこの耳を貴方の御世辭になぶられて、あんまり私が嬉しさうな顔を御見せしたことは、たうとう此の恐ろしい時といふのに、危《あぶ》ない路を辿つて貴方を引き寄せる、酷《むご》い釣針になつてしまひました。私の仇心のためにこんな非道《ひど》いことになりました——どうして御償《つぐな》ひしてよいか解りません——（手《て》段《だて》は只一つ——洗ひざらひ打明けて——辛《つら》いけれど何もかも白狀して——はしたない擧動《そぶり》を見せた私が惡いのだから咎《とが》を受けても仕方がない。恥をさらして、せめて御許しを願つたら——しかし、それは切端《せつは》詰つた最後のことにして、先づ）あの、私の父親は國法の禁制の御《お》處刑《しをき》を受けて、國から追放された者でございます。首には——懸賞がついて居ります。そのやうな者の娘を奥方とは、御身分柄にも障《さは》りませう。——それでも強《た》つてと仰言いますか——ではフイッツ＝ジエイムズ樣、すつかり御話し致します。私と私の父の爲に、ある健氣《けなげ》な若者が——もう死んでゐますやら、まだ生きてゐますやら——一期《ご》の災難に見舞はれてゐらつしやるのですが。さあ、もうすつかり申上ました。お氣にも障《さは》りませうが、どうぞ御許しなされて、御《お》立退《たちのき》下さいませ。』

18

フイッツ＝ジエイムズは其*の道の巧者で、移り氣な女心をすかさず捕へる手管《てくだ》に長《た》けてゐたけれど、この際ばかりは如何な口說上手も到底駄目だと感じたのである。堅いことを口先で喋《しやべ》つてゐても、たいていの女は淫《みだ》らな眼色で心の裏を見せるものだが、エレンには少しもそんな素振りもなく、初心《うぶ》な娘心の節操を誇るかに見えた。彼女は兩の頰を眞赤に染めてゐたけれど、マルコムの運命は最早死の扉の中に封じ込まれ、自分はその墓にもたれて泣き悲しんでゐるかのやうに、深い絶望の苦惱を堪へて嘆息しながら自分の戀人を告げたのである。フイッツ＝ジエイムズの眼付からは希望の光明が消えて行つたが、をのづから同情の念を禁ずることは出來なくなつて、兄が妹を導くやうに、私は貴女の友とも味方ともなりませうと言ふのであつた。――「あゝ、貴方はロデリックの氣性をちつとも御存知ない。私達は別れ別れにならなければ、それこそ危《あぶな》うございます。さあ、急いで御立退下さい。あの狡猾《ずる》さうな案内人を信用してよいのか惡いのか、アランの口から御聞取《おききとり》くださいませ。」心中の動搖を隱さうとして騎士は額に手を置きながら、一歩また一歩と立去りかけたが、ふと思ひついたやうに立止つてふりかへり、エレンの傍へ戻つて來た。

19

「もう一言《ひとこと》御別れの言葉を云はせて下さい。――ある戰役の際に、未熟ながら軍刀を揮《ふる》つて蘇《スコ》格蘭《ツトランド》王の御命を御助け申した事があります。王は禮のしるしぢやと仰せられて、此の指輪を私に賜はり、何か願事がある折は、この指輪を持參して、望みの報酬を遠慮なく申せ、との御諚で御坐いました。エレン様、ところが私は堂上公卿ではありません。一生を刀槍兵馬の間に暮らす騎士です。兜と楯を我が城廓とも思ひ、戰場を我が領地とも思ひ、位階封土にすこしも執着のない私のことです、王侯に何のお願ひの筋《すぢ》が御坐いませう。ですからエレン様、ちよつと御手を拝借――指輪を差上げます。番兵も門衛もこの證據の品をよく存じて居りますし、御璽を彫《ほ》つたこの指輪さへあれば道中どこでも安全ですから、直ぐにも王の所へ御出向《おでむき》なさい。そして王が私に御約束なされた褒美の代りに、なんなりと御願ひして御覽なさい。」彼は黄金の指輪をエレンの指にはめて、默つたまま――エレンの手に接吻して――立去つた。さつさと急ぎ歸つて行くフイッツ＝ジエイムズの姿を見送つて、老樂師は呆然と佇《たたず》んでゐる。騎士は案内人と連れだつて、褐色の尾根《をね》を下り、カトリン湖とアハレ湖とを繋ぐ河の流を渉つて路を進んで行つた。

20

トロサックの谷間はどこまでもひつそりして、眞晝間の山々は眠つたやうに靜まりかへつてゐた。突然案内人が一聲高く叫んだ――「マードック、それは何かの合圖の呼聲か」――案内人はへどもどしながら「なーにね、あそこで御馳走にありついてる烏奴を威《おど》してやらうと思つただけでさ」と吃りながら答へた。指された方を騎士が眺めると――烏の御馳走には見覺えがある、あの勇ましかつた自分の乘馬の屍《しかばね》ではないか——「あゝ、威勢のいい葦毛《あしげ》の馬だつたが、お前にとつても——いや俺《わし》の身にとつても——トロサックの谷へ來ない方がよかつたのだらうよ。——マードック、先《さき》になつて歩け——默つて歩け——口笛を吹いたり大聲を出したりすると命が無いぞ。」二人は凄い形相を見せて默りこくつたまま、油斷なく氣を配《くば》つて互に警戒しながら歩き續けた。

21

二人は目も眩《くら》むやうな斷崖の緣《ふち》を傳ふ棧道にさしかかつた。見よ、そこには窶《やつ》れ果てた一人の女がゐるではないか。日に燒け雨風に打たれた姿に、ぼろぼろの着物をひきまとひ、道の傍の崖《がけ》に佇んだまま、落付かぬ眼差《まなざし》をあたりに投げて、森から岩、岩から空と隈《くま》なく眺め廻してゐる樣だが、何ひとつとして彼女の眼に留《とま》るものはないらしい。目も醒めるやうなエニシダの花環を髮に卷き、束《たば》ねた鷲の羽根を物狂るはしげに振つてゐる。黑い鷲の翼《つばさ》から拔けて、山羊でも登れぬ危《あぶな》い岩や崖《がけ》に落ち散つたその羽根を、この女は死物狂ひになつて拾ひ集めてゐたのであつた。案內人の縞羅紗外套《マント》が眞先に目に這入つた時、岩だらけのあたり一面に反響する刺すやうな聲で女は叫んだ。二人が段々近づいて、騎士の着てゐた『低地《ローランダア》』人の衣服に氣がついた時に、女は又しても大聲を擧げたが、今度は高笑ひしたのである。そして滅茶苦茶に自分の手を握り絞りながら、たうとう泣聲をたてて歌ひだした——狂女が歌ひだした——まだ氣の慥《たし》かな頃には、さぞ竪琴や琵琶の音に合はした自慢の喉《のど》であつたらう——今はもう荒《すさ》んだ聲をふりしぼるばかりだけれど、どこやら妖《あや》しくも美くしさの籠る歌聲を、丘や谷間に鳴り響かせた。

22

歌

寢たがよかろよ　お祈りしなよ
狂氣女《きちがひをんな》と　仰言いますが、
山は『高地《ハイランド》』　言葉も『高地《ハイランド》』
妾《わたし》や寢られぬ　祈りもできぬ
アランの河か　生れの里の
デバンの流れる　瀬音をきけば、
妾《わたし》やすやすや　寢られもしようし
死んだが樂《らく》ぢやと　祈りもしように。

見せ、こんなに　お髪《ぐし》を上げて
あの時お寺に　いそいそ行つた、
今朝は嫁入り　愛《いと》しい人が
おまちやるぞと　聞かされましたが、
あゝ嘘《うそ》ぢやつた　酷《むご》い仕打ぢや
嬉しい朝の　血煙騒ぎ、
あゝ夢ぢやつた　消えてしもうた、
妾《わたし》や辛《つら》うて　ただ泣くばかり。

23

「あの女は何者だ、何を歌つてゐるのだらう。寂しい谷路を彷徨《さまよ》ひながら灰色の外套《マント》をひるがへしてゐる有様は、友にはぐれた蒼鷺《さぎ》が化物の棲む池のほとりで、黄昏時《たそがれどき》に羽根を擴げてゐるやうだ。」マードックは答へて言つた、「あれですかい、デバン生れのブランシュと云ひましてね、『低地《ローランド》』の娘つ子ですが、捕虜にされて氣が變になつたんでさ。ロデリック様がデバンサイドに侵入なすつた時の事ですが、御嫁入りの朝つぱらから攫《さら》はれて來たんですよ。そりや威勢のいい花聟さんが默つてゐやしません。そこでロデリック樣と一本拔き合せたんですが、たうとう殺《や》られちまひましたよ。あの女が勝手に步るき廻るのは變だと思ふんだが、世話係りのモードリン婆《ばばあ》の目を盜んで逃げだしたことも、これ迄度々あつたんですからね、——あつちへ行きやがれ、阿呆狂人《きちがひ》め」——と彼は弓を振り上げた。——「こら、ちよつとでもこ女のを撲《ぶ》つてみろ、百姓が棒投遊戲をする鹽梅に貴樣を崖から投げ落してしまふぞ。」——「ありがたうよ、妾《あたい》を庇《かば》つて呉れて、ありがたうよ、」と狂女は叫んでフイッツ＝ジェイムズに摺《す》り寄つた。「ねー、ごらんよ、妾《あたい》は此の灰色の羽根をちやんと着《つ》けたでしよ、靑空を飛び廻つて愛《いと》しい夫を探す積りだよ。こんな非道《ひとで》なし者の下司《ゆす》野郎が投げ落されたつて、產毛一本も借してやるもんぢやない。どんどんおつこちなよ、あばよだ、谷底のごろごろ石の眞中で骨まで狼にしやぶられるがいい。妾の大嫌ひな辨慶格子の外套《マント》なんか藪や野茨にひつかかつて、綺麗な吹流しの旗みたいに風に吹かれてひらひらするがいい。御馳走はこちらで御坐いつて、狼に合圖してやるやうにね。」——

24

「これ、默つておれ、騷ぐでない、可哀想に、」——「あゝ、お前さんは親切者らしいね、ええ、默つてゐましよ——妾《あたい》の目は弱つてかさかさになつたけど、それでもリンカン染の獵服が見えると嬉しいよ、妾《あたい》の耳は調子が變になつちまつたけれど、やつぱり『低地《ローランド》』訛《なまり》の懷《なつか》しいこと、——

　愛《いと》し森番ウイリアム殿は
　　ブランシュの氣を迷はした、
　御召《おめし》は綠の森の葉染《そめ》で
　　『低地《ローランド》』小唄をおもしろう——

あらあら、こんなことをお喋《しやべ》りする筈ぢやなかつたのに——だけど、お前さんは利巧だから、よくお察《さつ》しがつくでしよ。」かう言つて歌ひつづける狂女の聲は、低い、せはしい、狂ひがちの調子であつた。心配さうな眼付で怖々《こはぐ》ながら『高地』人《ハイランダア》を見据ゑてゐるかと思ふと、今度は騎士の方をちらりと見たり、谷間をきよろきよろと見廻したりするのである。

25

杭《くひ》打や濟《す》んだ、係蹄《かけ》繩《なは》張つた。
　おもしろをかしう唄うて暮せ。
弓弦《ゆづる》をかけた、刀も研《と》いだよ、
　獵師渡世は　はておもしろい。

牡鹿がでたよ、五叉角《いつまたつの》ぢや、
　大角ふりふり威張つておじやる、
豪《えら》そな形恰《かつこ》で谷間へ下りた、
　景氣をつけろ、唄うて囃せ。

牡鹿は牝《め》鹿に＊　ふと行き逢うた、
　牝鹿は手負で　血死期《ちしご》の難儀、
牝鹿は牡鹿に　係蹄繩《かけなは》知らす、
　やれ殊勝ぢやな　はて奇特ぢやな。

牡鹿にや眼がある、油斷はないよ、
　用心用心と唄うて囃せ。
牡鹿は速いよ　脚は達者ぢや——
　獵師ひしひし見張つて御坐る。

26

さつきエレンがそれとなく危険を暗示《ほのめか》して吳れたのだつたが、氣持があまり動搖してゐたのでフイッツ＝ジエイムズの耳には這入らなかつたのである。しかしマードックの叫んだ一と聲に疑念を挿み、ブランシュの歌でさてはと感付いた――係蹄《わな》を悟つた鹿ではなくて、狩り立てられたと知つた荒獅子のやうに騎士は颯《さつ》と刀を拔き放つた。「騙者《かたりもの》め、命が惜しくば有體《ありてい》に白狀しろ。」『高地《ハイランド》』人《ギア》は一目散に逃げだして、走りながら弓を引いた。放たれた矢はフイッツ・ジエイムズの帽子の羽根飾をあぶなく掠《かす》めて、狂女ブランシュの痩せさらばえた胸元深く突刺さつた。――アルパイン族の郎黨マードックよ、力任せに走れ、アルパインの家の子で速足一番の名をとつたお前ではないか。それ、恐ろしい復讐者が憤怒に燃えて風を切つて迫《せま》つてくる。どちらが走り勝つかは運勢ひとつだ――丁とでりや命が無いぞ、半とでりや命が助かる。同族の伏兵はもう直ぐ其處《そこ》だ、ヒースの荒野原に隱れてゐるのだ、味方の傍まで逃げればいいのだ、――あゝ、もういけない――一味《いちみ》の伏勢《ふせぜい》にはもう會へないぞ、いきり立つたサクソン人が追ひつくぢやないか。――落雷が松の木を微塵に粉碎するやうな勢で、致命の一擊は遠慮會釋もなく刺し貫いた。フイッツ＝ジエイムズは手に力を入れ足を踏張つて、やつと刀を引拔いたくらゐである。倒れた敵を見下ろし、息はもう絶えたと知つて凄い笑《え》みを洩してゐたが、哀れな女が血塗《まみ》れになつて倒れてゐる所へと取つて返した。

27

狂女は樺の木の根にもたれ、膝に頬杖をついてゐた。自分の手で抜き取つた命取りの鏃《やじり》を凝《じつ》と見据ゑて、かすかに笑つてゐる。エニシダの花環も灰色の羽根の束も眞赤な血に染つて散亂してゐた。騎士は流れ出る生血を止めてやらうと焦《あせ》つたが、狂女は叫んで言つた、「始めて御目にかかりましたが、貴方様、もう私は駄目で御坐います。死んで行く今になつて、何年このかた知らなかつた正氣がすこし戻つて參ります。鼓動がだんだんかすかに弱るのにつれて、狂うてゐた幻が消えて行きます。もう私はいけません。無殘《むざん》にもこんな深傷《ふかで》を受けて私は死んでしまひますけれど、貴方様の御顔を見ますと、何だか、私の仇を討つためにお生れなさつた御方のやうに思へます、——この髪束《かみたは》を御らんください——あゝ、私はこの黄色い髪の一束《ひとたは》を肌身から離したことはありません、危い時も、氣の狂ふ時も、望を失くした時でも。この髪の束も、昔は貴方様のお髪《ぐし》とをなじやうに光澤々々《つや〳〵》した綺麗な髪の毛でしたが、血に汚れ涙に濡れて、色まで褪《あ》せてしまひました。どうした時に私がこの一房の髪を切り取りましたかは申上げません。この髪の持主であつた罪もない犠牲者の名前も申上げますまい、——思ひ出すと又しても頭がくらくらして來る——是非この髪を貴方の立派な兜の前立《まへだて》に飾りつけてひらひらさせて下さいな、日に照らされ風に吹かれて血の痕《あと》が消えたら、妾《あたい》に返して下さいな——あゝ、また氣が變になつてくる——あゝ、神様、もう死際《しにぎは》の私に、もすこし判然《はつきり》した正氣をつけて下さいませ、——あゝ、お騎士《さむらひ》様、貴方様の名譽にかけて、又、私が身代りになりました貴方様の御命にかけて、きつと御頼み致します。幅廣《はばひろ》の縞羅紗外套《マント》に身を包み、黒い羽根を帽子に飾つた、陰氣な眉根の、色の黒い男が、血腥《なまぐさ》い大手をふつて、アルパイン族の大將だと名告つて威張つてゐるのに御會ひでしたら、是非とも勇氣を出して、劒を引抜いて、哀れなこのデバンシュ生れのブランシュの爲に仇を討つて下さいませ、——敵の兵士が峠や野原で貴方様の御通りを狙《ねら》つて居ります……峠道は危ぶなう御坐います……あゝ、神様……さやうなら。」

28

豪氣の半面に優《やさ》しい心を持つてゐたフイッツ＝ジェイムズは、餘りの哀れさに打たれて流れ落ちる涙を押へることが出來なかつた。彼は悲痛と憤激とに沸《に》えくりかへりながら、人手にかかつてあへなくも息絶えてゆく女の姿をじつと見守つてゐたのである。「この女のために、かの頭目とやらに復讐の刃《やいば》を加へる決心で居りますからには、神よ、萬一の折は私に御加護を垂れさせ給へ。」彼はブランシュの綺麗な髮の毛を一と房切つて、彼女の花聟の髮の束《たば》に編み込み、彼女の流血に浸して我が帽子に飾りつけた。「僞りを知らぬ神様にかけて俺は誓ふ。黒鬼ロデリックの鮮血にこの髮束の徽章を血塗る時までは、他《ほか》の如何《どん》な徽章も斷じてこの帽子にはつけないぞ——はてな、何の物音だ、かすかに叫び聲が響くやうだが。さては俺を取圍んで卷狩を始めおつたな、——追ひつめられた鹿の手剛《てごは》さを奴等に思ひ知らしてくれよう。」勝手のわかつてゐる道筋は敵軍に固められたと聞いたので、フイッツ＝ジエイムズは灌木林を潛《くぐ》り斷崖を傳つて、當もなく道を探《さぐ》らなければならないのだ。急流に阻《はば》まれたり、絶壁に行き當つたりして、盲目《めくら》滅法《めつはふ》に辿る方向を、何度も引返へしたり變へたりしなければならなかつた。腹は空《す》いてくるし身體は疲れたし、流石の騎士もたうとうぐつたり弱り果てて、灰色に茂る藪蔭に寢ころんだまま、これまでの艱難危難の一生をふりかへつて思ひに沈んでゐた。「これ迄も、あとさき構《かま》はぬ危《あぶ》ない伊達《だて》引《ひき》をさんざんやつて來たものだが、われながら正氣の沙汰とも思はれぬ今度の御手柄でもうお終《しま》ひにしたいものだ。デュウン城に兵士が屯營したと聞いたら最後、忽ちこの『高地《ハイランド》』に巣喰ふ大黄蜂《くまはち》奴《め》が雲霞のやうに集結するだらうとは、氣が變《へん》でない者なら誰しも氣付くことだつたよ——奴等はブラッドハウンド犬のやうに俺を狩出さうとしてゐる——口笛を吹いてゐるな、大聲で怒鳴つてゐるぞ――この荒野原を突切つてこれから先へ出て行けば敵にぶつつかるばかりだ。薄暗《うすくら》がりの夕暮まで、ここで休んでゐよう。眞暗《まつくら》になつたら、いちかばちか危險を承知で進んでみることだ。」

29

夕暗《やみ》はしづかに降《を》りて、森を包む鳶色の影はだんだん深くなつて行く。谷間の梟は目を醒し、荒野の狐は啼き始めた。ほんのり消え殘る夕燒をたよつて、騎士は道も迷はずに進んだ。見張りの敵兵の目をくらますには充分な暗《くら》さである。一歩一歩足音を忍ばせ、聞耳《ききみみ》を立てながら、崖を攀ぢ藪を縫うて行くうちに、濕《じ》め濕《じ》めした野ざらしの風に吹きまくられて手も足も利《き》かなくなつてしまつた。眞夏とはいへ、此處らあたりの山の中の夜風は嚴《きつ》い寒さだ。怖《こは》さも怖し、重圍に陷《おちい》りながら空腹をかかへての一人《ひとり》身《み》の夜道に冷え凍《こご》えて、勝手も知らぬ入り組んだ嶮《けは》しい道を拾つて行くと、とある大きな岩角を曲つた途《と》端《たん》に、すぐ鼻先に露營の篝火《かがりび》があかあかと燃えてゐるのが眼に映つた。

30

一人の『高地《ハイラン》』人《ダア》が、辨慶格子の外套《マント》にくるまつて、きらきら燃える眞赤な焚火に暖《あたた》まつてゐたが、いきなり刀をつかんで跳び上つた——「何奴だ。何用あつて來た。止れ、サクソン人め。」「旅の者だ。」「何しに來たか。」「休息と道案内と食物と温い火とが欲しいのだ。追取《おつと》り圍んで狩りたてられるし、道には迷ふし、山風は冷《つ》めたくて手も足も凍えてしまつたのだ。」「ロデリックの味方か。」「違ふ。」「ロデリックの敵だときつぱり言ひ切るのか。」「云ひ切るぞ。俺はロデリック並びに奴の横行殺戮に加擔するすべての兵士の敵だぞ。」「大口《おほぐち》を敲《たた》いたな——鹿を狩りたてる時には、狩獵規約の定める特權を與へて、獵犬をけしかけたり矢を番《つが》へる前に、距離と時間との猶豫を、逃げる獲物に許してやるのは當然だが、こそこそうろつく狐なら、係蹄《わな》にかからうが斬られやうが、何處で何時どうして殺されたつて誰も構ふものはない。卑怯な間者《かんじや》も狐同樣に——だが、まて、君は間者となつて忍び込んだと皆から聞かされてゐたが、どうもさうではないらしいな。」「俺が間者だと、馬鹿な。黒鬼ロデリックもかかつて來るがよい、一族中の屈指の豪の者が二人揃つて向つて來てもよい、朝まで俺を休息させてくれさへすれば、この鋒先《きつさき》を奴等の頭上に加へて、噓をほざいた罰の印《しるし》を刻みつけてくれよう。」「焚火の灯《あかり》で見受けるところ、君は騎士の禮帶《ベルト》と金色の拍車をつけてゐるやうだ。」「見られる通りのこの章《しるし》は、俺が、あらゆる暴慢不遜な壓制者に對して不倶戴天の敵である事を示してゐるのだ。」「もう充分解つた。まあ、坐るがよい。武士の誼《よしみ》だ。俺の寢床と糧食とを分けてやる、受けてくれ。」

31

『高地《ハイランド》』の御馳走といはれる硬めた鹿肉を分ち與へたり、乾いた薪をつぎたしたり、辨慶格子の外套を擴げて旅のサクソン人と一所に被《かぶ》つたり、まるで待ち設けた客に對するやうなもてなしをしながら、言葉をつづけた——「旅の人、俺は先祖代々黒鬼ロデリックの忠實な郎黨だ。主君の名譽に障《さは》るやうな口を敲く奴には、報復の一撃を見舞はずにはゐられないのだぞ。のみならず……君の生死如何には、たいへんな占ひがかかつてゐると聞いた。この場で呼子の角笛を吹かうが吹くまいが俺の勝手だ——味方が集つて來れば多勢に無勢で君は齒が立つまい。又、君が疲れてゐようがゐまいが頓着なく、一騎打を挑《いど》むことも俺の量見次第だぞ。しかし俺としては、たとへ一黨一族の爲とはいへ、武士道に背きたくはない。疲れた者を襲撃するのは武士の名折《なをれ》だと心得てゐるし、それに、旅の人と聞けば粗末に出來ない。旅人から道案内と休息と食物と暖かい火とを求められたら、拒絶《ことは》るべき筋を持たぬ。曉方《あけがた》までここでゆつくり休息して貰ひたい。明朝になつたら、俺が案内を務めてやる。警邏の哨兵の隙間を潛つて、石塊《いしころ》や切株のあぶない間道づたひに最前線の警備を突破して、コイラントーグルの淺瀬まで連れて行かう。其處から先は、自分の劒で身を護るがよい。」「御好意忝《かたじ》けない。遠慮なく天晴れな御厚志にあづかるとしよう。」「さうか。では休みたまへ。粗末ながら五位鷺《ごゐさぎ》奴が眠り歌を唄うてくれますぞ。」かう言つて彼は刈り集めてあつたヒースの穂を擴げ、この草の褥《しとね》の上に自分の外套《マント》を敷いた。勇ましい敵味方の二人は、信じ切つた兄弟のやうに仲よく枕を並べて横になり、曙の光が山や河をあかあかと染める頃まで、安らかに眠りつゞけた。

巻ノ五 一騎打

1

行きくれし旅の遍路の　ふみ迷ふ夜の深きに
　曉の早き光は　ほのぼのと白みそめつつ
ひんがしに昇り輝き　くらやみの空に射しそひ
　岩走り砕け落ちける　河の瀬を白銀に染め
山蔭の嶮《こご》しき路に　照りわたる、あなうるはしや、
　うるはしさいやまさりつつ　曉の星と光るは
益荒夫《ますらを》の誠心の星、武夫《もののふ》の情《なさ》けの星か、
　戦ひの野原を蔽ひ　あさましき血の風吹けど
恐ろしく危ふき折も　雅《みや》びたる潔《きよ》きふるまひ。

2 うつくしく煌《きら》めきわたる曙光が、茂りあふ榛《はしばみ》の梢越しにちらちら見え始めた時、かの二人の武
士は明るい光箭に目を射られて、粗末な寝床を離れ出た。鱗雲《うろこぐも》の流れ散る大空を仰ぎ見て、いか
にも武人らしい手短な荒つぽい朝の祈を、なにやらぶつくさと呟いてから、これまた簡短で御粗
末な軍人式の朝飯をかきこむために、焚火を燃しつけた。喰べ終ると、『高地《ハイランダア》』人は黒赤だんだら
染の美々《びび》しい外套を身に纏《まと》ひ、約束通りに、青葉の叢《しげみ》を搔き分け、灰色の山路を辿つて、道案内
を務めるのであつた。いかにも迷ひ込みさうな道だ。或る時は絶壁の縁《ふち》を傳つて、脚下にうねる
フォース、チースの兩大河や、河畔にひろがる平原などの色とりどりの景觀を、遙か向ふにスタ
ーリング城の塔が空に溶けこむあたりまで、廣々と望見するかと思へば、忽ち密林に分け入つて、
槍騎兵の槍一本の長さ位しか視界が利《き》かなくなる。道中は嶮阻この上なく、四つん這ひにならな
ければならぬやうな所ばかりであつた。しかも狹い道だ。サンザシの枝をこすり抜けるたんびに、
佳人の涙のやうな澄み徹《とほ》つた露の玉が、はらはらとふりかかつてくる。 3

削つたやうな絶壁が湖に臨むところへ、やつと二人は着いた。こちらにはヴェナカア湖が銀色の波を湛《たゝ》へ、あちらにはベンレヂの峰々が重なつてゐる。急傾斜の岸や倒れかかる岩の下をめぐつて、あちこちに溝《みぞ》のやうな徑《みち》が通じてゐる。百人の勇卒を率ひてこの天険に倚《よ》れば、幾萬の大軍も攻めあぐむことであらう。背延びの悪い樺や柏の灌木林が、ごつごつした岩だらけの山腹を疎《まばら》に蔽うてゐるが、間々《あひだ〳〵》には礫《いしころ》ばかりの山肌が露出し、所々には谷が切れ込んで居り、青い羊歯《しだ》の叢《しげみ》や、灌木林と高さを競つて風に靡く黒いヒースの原などが點々と散在してゐる。閑寂そのもののやうに眠る湖をめぐつて、濕原や山裾には柳のみづみづしい葉が茂つてゐる。冬の雨に押しだされた激流が、水勢を阻《はば》む丘をくづしたのであらうか、峠にも山腹にも、小石や岩や砂などが重なり合つて殘骸をさらしてゐる。一歩一歩眞に骨の折れる路なので、案内者は歩調を緩《ゆる》めて、僅かに潛れるやうな狹い路をゆつくり辿りながら、「黒鬼ロデリックから通行手形も貰はないで此んな荒野原に入り込んだのは、一體どういふ風の吹き廻しなのか、」と尋ねたのである。

4

サクソン人は答へて言つた、「いや、『高地《ハイランド》』の御方。俺《わし》の通行手形は腰に吊したこの劒だ、これで度々危難を突破しましたぞ。しかし、實をいへば、今日の場合にもこの一刀に頼《たよ》らうなどとは、夢にも考へてゐなかつた。以前に、と言つてもたつた三日前のことだが、獲物を深追ひして路に迷つた揚句、このあたりへ入り込んだ時には、全く平穩で、あの山の上に眠つてゐる霧のやうに靜であつた。危險極まる頭目は丁度遠征に出てゐたし、當分の間歸つて來さうにもなかつたのだ。いや少なくとも、案内人はさう言つたのだが、ひどい大嘘を吐いたものだな。」「では、なぜ二度目の危險を冒したのだ。」「貴殿も武士ではないか、言ふまでもないことと思ふが――しがない職人風勢《ふぜい》ならいざ知らず、型にはまつた每日の暮し方で、我々武士の心まかせの生涯を縛られてたまるものか。泰平無事の無聊に苦しんで憂晴しに來たといへば充分解るだらう。手飼ひの鷹が飛んだきり歸らぬとか、グレイハウンド犬*の行方が解らなくなつたとか、山里の田舍娘が蓮葉な秋波を投げてくれたとか、ほんの僅かの理由だけでも、その時まかせの武士の足は、どこへでもどこまででも飛んで行く。又、ことに、物騷千萬な通路と聞けば、物騷だといふ噂だけで、もう出かけたくて堪らなくなるものだ。」

5

「いや、問ひ詰めはせん。言ひたくないことは無理に聞くまい――だが、貴殿がこちらへ出かける前に、『低地』で戰爭の噂は聞かなかつたかな、アルパイン族を相手にするとてマー伯が兵を擧げたといふ噂だが。」――「全く知らない。――尤も、遊獵中のジェイムズ王を護衞するために部隊が集つたとは聞いてゐる。何事もなければ旗を捲《ま》いたままでデュウン城内に駐屯するのだらうが、『高地《ハイランダア》』人擧兵の噂が響いたら、早速軍旗をひるがへしてやつて來るに違ひない。」――「勝手にひらひらさせるがよい、旗の絹地の疊目《たたみめ》を蠹魚《しみ》の棲家にさせるのも勿體ないからな。勝手にひらひらさせるがよい、――アルパイン族の松の紋章《もんどころ》打つた勇ましい軍旗も、負けずにひらめくのだからな。ところで貴殿は、獸《けもの》を深追ひして山奥に紛《まぎ》れこんだだけで、別に喧嘩腰でやつて來た理《わけ》でもないといふが、アルパインの末孫ロデリックの不倶戴天の敵だなどと、何故高言を吐き散らすのだ。」「俺《わし》は昨日の朝までは、貴殿達の大將ロデリックに就いては別に詳しいことは知らなかつた。なんでも、攝政の御前も憚らず、殿中で刃物《はもの》をふりまはして一人の騎士を刺殺したさうだな。こんな話を聞いただけでも、誠忠な王臣はロデリックの味方になるのを御免蒙るだらう。」

6

片手落の云ひがかりをつけられて、『高地《ハイランダア》』人の苦々《にが〲》し相な黑い顏色は嚇と怒氣を含んで、しばらく默つてゐたが、嚴然とかう言ひ放つた、「ロデリックが復讐の刃《やいば》を拔いたのは何故であつたか知らないのか。我慢なりかねる程の惡口や打擲《ちやうちやく》を受けた揚句《あげく》のことなのだぞ。『高地《ハイランド》』のヒースの原だらうが、ホリイ・ルードの宮中だらうが、そんなことに頓着する大將ではない。たとへ天國の眞中でも、そんな恥辱を受けたら必ず雪《すす》がずにはゐられない人だ。」——「何と言つても亂行には違ひない、——しかし、當時蘇格蘭《スコツドランド》王は生得の權利を行使なされないで、攝政オールバニイ公が借物の天下を細々《ほそぼそ》ながら治めてゐた時代のことに違ひはない。まだ若年の王はスターリング城中に幽閉の憂目を嘗《な》められ、尊敬も受けられず、威勢もなかつたのだ。だが、さういふ亂世とはいひながら、貴殿達の頭目の山賊張《は》りの遣口《やりくち》はどうだ、——無名の戰を起して、鼻持ちならぬ分捕沙汰《ぶんどりざた》だ——『低地《ローランド》』の百姓共を打殺し、大切に育てた家畜や穀物を强奪するとは何事だ、——貴殿のやうな立派な武士なら、狼藉《ろうぜき》極まる掠奪戰の分捕品には目も吳れないことだらう。」

7

『高地《ハイランド》』人《ダア》は苦々しさうに聞いてゐたが嘲笑を含んで答へて言つた、——「サクソンの御方、君があの高い峰から遠く東南を望んだ時、穗波のなびく田園や綠色の牧場や、ゆるやかに起伏する丘や點綴する樹立などが眼下に擴がつてゐるのを見て、嬉しさうな顏をしてゐたな——あの豐饒な野原も肥沃な平野も、大昔は我々ケルト民族が永年受け傳へた持物であつたのだが、異種族の奴輩《やつばら》が非道にも我々の先祖の國土を強奪してしまつたのだ。現在我々の住んでゐる所はどうだ。御覽のとほり、岩また岩、澤《さは》また澤の荒野原だ。我々が毎日すみくらすこの荒涼たる山嶽に向つて肥えた牝牛を求め、日用の糧《かて》を求め、不毛磽确の礫《いしころ》の原に向つて羊を求めたら、山は一體何と答へると思ふ――『お前達には父祖傳來の楯と刀があるではないか。俺はお前達を懷《ふところ》に抱いて隱家を與へてやつた。その他の入用のものは、お前達自身の鋭利な刀に賴め。』と言ふにきまつてゐる。この北邊の砦《とりで》に押し込められた我々とても、力の及ぶ限り掠奪者から奪ひ返し、盜《と》られたものを取り返へすためには、山奧から跳《と》び出さずにはゐられないのだ。俺は誓つて云ふ――サクソン人があの平野でたつた一束《たば》の禾束《いなたば》を刈入れても、幾萬といふ家畜の中のたつた一匹だけでもあのうねる河岸を徘徊してゐる限り――平野や川の當然の持主である我々ケルト民族は、暴力に訴へても取り返へさずには置かないぞ。『低地《ローランド》』の穀物や家畜を掠奪することを當然の返報《しかへし》だと認めないやうな頭目は、山中何處を探してもゐない筈だ。黒鬼ロデリックの棚下ろしをしたければ、別の理由に願ひたい。』

8

フイッツ＝ジエイムズは答へて云つた――「外には何の理由も見つからないとでも思つてゐる

のか。俺の歩く路々に伏兵を配置したことを何と考へる。俺の命を狙つて待伏せするとは何事だ。」「横車を押せば當然の返報が來る。君がもし――獵犬を探しに來たとか、鷹が迷ひ込んだとか、眞實《ほんたう》に山里の娘に惚れて通ふとか――包み隱しのないところを前もつて謝《ことは》つておいたら、大手をふつて往來できた筈だ。しかし、こそこそ歩きは忍びの者だといふ證據にならう。また假令《たとひ》間者と見られても、言釋《いひわけ》ひとつ取上げられないで殺されるやうな酷い目に會はされる筈もないのだが、君には占ひが懸つてゐる。占《うらな》ひの示す通りにやらなければならん。」――「それならそれでよい。俺が何故敵意を抱くか、その理由をこれ以上並べあげて、君の疳癪を煽《あほ》りたてたり、苦い顏をさせたりすることはもう止《よ》さう。俺はある誓約のために、どうしても高慢な頭目と勝敗を決しなければならないのだ。これだけ云へば充分だらう。俺は何の戰意もなく二度迄アルパイン族の住む谷間を訪《おとづ》れたが、今度來る時には、不俱戴天の敵を狙ふ一軍の將として、旗や劍や弓を從へてやつて來る。お局《つぼね》に忍びこんで定めの逢瀨を待焦《まちこが》れる色男の執心どころではない、逆賊の頭目とその一味の兵士に、俺は一刻も早く見參《けんざん》したくてたまらない。」

9

「では、御意を適《かな》へてやる」――と云ひながら、『高地《ハイラン》』人《ダア》が鋭く笛を吹き鳴らすと、それに應じて山の中から呼子が響き、鴫《しぎ》が鳴くやうな合圖の笛が、烈しい音をたてて岩から岩へと傳はつて行く。あつと思ふ間に、灌木林やヒースの茂《しげ》みの中から、帽子が出る、槍が出る、引き絞つた弓が出る。右にも左にも上にも下にも、伏兵が一齊に飛び出したのだ。灰色の礫《いしころ》の原から槍衾《やりぶすま》が現はれ、羊齒《しだ》の蔭から投槍が躍り出し、藺《ゐ》草や柳の梢は忽ち一變して林立する白刃や鉞《まさかり》と化し終り、エニシダの木叢《こむら》から生れ出たのか、武具《もののぐ》に身を固めた縞羅紗姿の兵士が忽然として湧いて出た。呼子の笛の一聲は瞬刻にして谷を蔽ふ五百餘騎の陣立となつたのである。山が天を仰いで大口を開き、地下の大軍を吐き出したとしか思へない。全軍聲なく靜まりかへつて、ひたすら大將の合圖如何にと伺ひながら、及腰《およびごし》で武器《うちもの》を構へ、今にも山腹から殺倒せんとする意氣込を見せてゐる。丁度、今にもどしんと轉び落ちさうな据りの惡い岩が列をなして、窪んだ路の眞上にのめりかかつてゐるやうだ。赤ん坊が一寸押しさへすれば、直ぐにも眞逆樣に崖の緣から落ちて來るだらう。例の『高地《ハイランダア》』人は兵士で埋まつたベンレヂの山を昂然と見渡してゐたが、黒い顔をふりむけて、きつとばかりにフイッツ＝ジエイムズを睨み据ゑた――「さあ、文句はあるまい。あれはアルパイン一族の忠勇な兵士達だ。おいサクソン人――黒鬼ロデリックとは俺のことだ。」

プイッツ＝ジェイムズはびくともしなかつた。――不意打の驚きに、どきどきと動悸は騒いでゐたが、豪膽不敵にも勇を奮《ふる》つて敵の頭目を傲然と睨み返し、岩を背楯《せだて》にとつて、確《しつ》かと一足踏みだしながら叫んだ――「さあ來い、どいつもこいつも揃つて來い。この岩の根が動かぬやうに、敵に後《うしろ》を見せる俺ではないぞ。」ロデリック卿はじつと見てゐる――尊敬と驚歎と、好敵手を得た武人の嚴《いかめ》しい喜悦の色が、その眼に宿つてゐた。しばらく彼は動かなかつたが――やがてその手を一振《ひとふり》すると、全軍は忽ち埋伏してしまつた。その場も去らずに、兵士の立姿はエニシダや羊《し》齒《だ》やヒースや林の中に吸ひ込まれ、刀も槍も矢を番《つが》へた弓も、青白い柳の葉蔭や低い灌木林に埋もれたのである。産みの母の大地が、武勇を好む子供達を一息に呑み込んだとしか思へなかつた。つひ今しがた、旗や縞羅紗外套や派手な羽根飾を躍らせた風も、今はただ寂しい山腹を吹き拂ひ、ヒースや羊齒《しだ》を靡かせるばかりである。つひ今しがた、光をはじき返す槍の穂先や陣太刀や薄銅《うすがね》張《は》りの胴着《ジャック》に煌々《きらきら》と輝き渡つてゐた日光も、今はただ、羊齒《しだ》の青葉や灰色の冷めたい石に、靜かな陽光《ひかげ》をふり濺《そそ》ぐばかりであつた。

11

プイッツ＝ジェイムズはあたりを見廻した――殆ど我が目を信ずることが出來なかつたのであ

る。恐ろしい夢の中に見る幻が、ふと現はれてふと消えたとしか思へなかつた。腑に落ちぬ顏でロデリック卿の方を見た時に、その大將は答へて言つた、「餘計な御世話かも知れないが――心配御無用だ。兵士を列べて見せたが、別に心配しなくてもよい。君は俺の客人だ――武士に二言はない、コイラントーグルの淺瀨までは連れて行く。ケルト民族からサクソン人が强奪したすべての平原が、我々二人の勝敗如何に賭けられてゐるとはいへ、君といふ勇士一人を相手の鬪《たたかひ》だ。味方の兵を助太刀に呼び寄せるやうなことは斷じてしない。では行くとしよう。黑鬼ロデリックから通行手形を受けないでも、ここの峠を往來できると君は考へてゐるが、それは全くあてにならぬ空賴みだといふことを、ちよいと御覽に入れたまでだ。」――二人は進んで行つた――フイッツ＝ジエイムズは比類のない勇猛な騎士に違ひなかつたが、しかし今、大股《また》に步むロデリックに蹤《つ》いてゆきながら、彼の血管が平素《いつも》ながらの平靜な鼓動を打續けてゐたかどうかは疑問である。通り拔ける道々は、見たところ人氣《ひとけ》も更に無いやうだつたが、さつきの物凄い證據から判斷すると、刀や槍が一杯隱れてゐるに違ひない。しかも先刻罵詈嘲弄の恥辱を受けたこの大將の合圖ひとつさへあれば、忽ち御命《おいのち》頂戴と跳り出して來るにきまつてゐる。流石の騎士も、警備の兵士がもしや伏してゐやしまいかと、絕えずそつと見廻はさずにはゐられなかつた。氣の故《せゐ》か、灌木林や高く茂つたヒースの中には、槍の穗先や白刃が見え隱れするやうな氣持がしてならなかつたし、山千鳥の裂帛《れつはく》の鳴聲を、またしても合圖の笛かと聞き誤つた。峠道を後に遠く離れた時、騎士は漸く息苦しい程の思ひを免《まぬか》れたのである。其處には帽子や槍を隱すべき、樹立も藪も藺《ゐ》草もエニシダの茂《しげ》みもなにもない、廣々と拓《ひら》けた一面の草原であつた。

12

頭目は無言のまま足を速めて轟々と流れ落ちる急湍の岸に着いた。三大湖の水を受けて、ヴェナカア湖から銀色の波を蹴つて奔流するこの河は、彼方の平原を滔々と貫ぬき、全世界の女皇と謂はれた古ローマの軍隊が、鷲を描いた大旆をひるがへした古蹟と傳へられるボキァスル保壘の廢墟の裾を、悠久無限に流し崩してゐるのである。頭目が足を停めたのはこの河の岸であつた。楯を投げ、縞羅紗外套を脱棄てて、彼はサクソン武士にかう言つた――「勇敢なサクソン人、アルパインの末孫は約束通りに賴まれた役目を果したぞ。殺伐な頭目、殘忍な人物、逆賊の大將と嘲けられたこの俺が、哨兵の間を潛り拔け、アルパイン族の最前線の警戒を突破して、たうとう此處まで無事に君を案內してやつた。さあ、いよいよ一人と一人の一本勝負だ。頭目の復讐を思ひ知らせてやらう。御らんの通り、俺も君と變りなく、一振りの刀だけだ。懸値なしの一騎打だぞ。此處はコイラントーグルの淺瀨だ、此處から先は自分の劍で身を護れ。」

13

サクソン武士は躊躇した――「敵から抜け抜けと挑《いど》まれて、愚圖《ぐづ》々々したことのない俺だし、この勇敢な頭目を必ず斃《たほ》すと誓約した手前もあるが、君の高潔寛厚な義理堅さを思ひ、一命を助けられた恩義の深さを思へば、その返報に殺人劒を揮り廻しては相濟まぬ。我々二人の敵意を宥めるものは流血以外にないのだらうか、何か手段《てだて》はないだらうか。」――「無い、何も無い。俺の云ふことをよく聞いて鈍《にぶ》つた元氣を盛返すがよい、――サクソン人の盛衰如何は君の劒一本にかかつてゐるのだぞ。人間と亡魂との間に産まれた陰陽師《うらなひし》の豫言によれば、『まづ先に敵人の血を流したる軍勢こそ、この爭ひに戰ひ克《か》たん。』と運命の女神が御告なされたのだ。」「それなら間違ひなく謎はもう解けてゐる。あの崖の下の藪の中を探してみるがよい――赤髪《あかかみ》マードックが硬くなつて死んでゐるだらうよ。それでもう運命の神の豫言は解き盡されてゐるではないか。俺の云ふことを聞けといふのではない、運命の示すところに從へと勸めるのだが、一緒にスターリング城へ出かけてジェイムズ王の御目通りを願つたらどうだ。君がどこ迄も朝敵で居たいと云ふか、もしくは王の方で拜謁を賜ふこともなく且つは無條件の特赦を許されないなら、俺は名譽と誓言と刀にかけても固く約束する――君を無事にこの要害の地に歸還させ、また現在君が領地を嚴然と固めてゐるすべての條件に、少しも疵のつかないやうに取計らつてやらう。」

14

ロデリックの眼は物凄く光つた――「取るにも足らぬ雜兵《ざうひやう》一匹を劍にかけたのにつけ上つて、この黒鬼ロデリックに降參しろなどとは生意氣千萬だ。俺は人間にも運命の女神にも決して降參しない。聞けば聞く程憎さが募《つの》る――一族の者の流した血に復讐しないでおくものか。なに、まだ覺悟がつかぬと――さては見損つた。君の勇氣も知れたものだ、役にも立たぬ長袖武士と知つてゐたら、なにも氣をつかつて武士の義理を盡すにも及ばなかつた。せいぜい女の髮の毛を帽子に飾る位が自慢の種だとは呆れた奴だ。」――「惡口雜言に御禮を云ふぞ。おかげで勇氣が湧き上り、刀が唸りだした。君の身體を温く流れる鮮血に此の髮束を染めてやらうと約束した俺だ。よし、和睦は思ひ切つた。武士の情《なさけ》もお終ひだ、――だが、仁義を盡したのは自分だけだと己惚れるな、俺が呼子の笛を吹いても、藪やヒースや岩蔭から物々しい郎黨共が出て來ないといふだらうが、この小さな角笛をちよつとでも俺が鳴らしたら、恐るべき多勢のものが君に襲ひかかる筈だ。――しかし心配御無用――不審と思ふだらうが決して嘘は云はぬ――餘人を交《まじ》へぬ一騎打で勝負を決しよう。」二人の武士は直ちに剛刀を拔き放つた。もうこれが見納めになるかも知れないと、太陽や河や野原に一瞥を哭れたが、いよいよ兩々相對して足を踏みしめ、鋒先《きつさき》を合せて睨み合ひ、いづれが勝とも解らぬ決戰を挑んで物凄くにじり寄つた。

15

地上に楯を投げ棄てたことは、この場合ロデリックの不覺であつた。牡牛の厚皮を張り、黃銅の鋲で打止めたその楯は、これまで何度も際《きは》どいところで敵刃を受け止めたことがあつたのだ。一方、外國で劍法を修業してきたフイッツ＝ジエイムズは、一本の太刀を同時に楯として使ひこなすことが出來る。お突、打込み、誘《さそ》ひ打、受け流し、と變化する手練は、斬るも拂ふも自由自在である。膂力に於ては數段勝つてゐたケルト人も、技《わざ》が落ちてゐるばかりに終始壓せられ勝であつた。相寄り相離れること三合、その度にサクソン人の白刃は敵の血を存分に吸つた。僅かに血の滲《にじ》む薄傷《うすで》ではない、どくどく噴きだす鮮血が碁盤縞の着物を眞赤に染めたのである。流れる血を見て致命の深傷《ふかで》と悟つた豪勇ロデリックは、これを最後と、篠《しの》つく冬の雨のやうに白刃を浴せかけたが、降りしきる冷雨《ひさめ》も洩りかねる巨岩か堅城の大屋根のやうに、じつくり構へて騒がぬ相手は、無二無三に荒れ狂ふ敵の劍を受けつ流しつあしらつて、かすり傷一つさへ受けず、たうとう隙《すき》につけ入つてロデリックの太刀を敲き落した。さすが心驕る頭目もよろよろと後退《あとじ》さつて、がつくり膝を地についた。

16

「どうだ、降參しろ、それがいやなら、威《おど》し文句ではない、ぶつつり心臟を刺貫いてやる。」

「命を惜しがる卑怯者ならいざしらず、威《おど》しても賺《すか》してもびくともする俺ではないぞ。」——と云ひも終らず、ロデリックは敵の喉元に狙ひをつけて躍りかかつた。とぐろをほどく毒蛇か、係蹄《わな》を拔け出す狼か、仔を護る山猫のやうなすさまじい勢である。散々の深傷《ふかで》にも屈せず、双手《もろて》に締めて敵を抱きすくめた。——それ危ない、勇敢なサクソン人よ、確《しつか》りしてくれ。お前に絡みついたのは優しい娘の手ではないぞ。たとひ黄銅の鎧や三重に縅《おど》した具足を着てゐても、この死物狂ひの腕の力はお前の骨肉に喰ひ込むに違ひないのだ。——えいえい聲で押したり引いたりしてゐるうちに、打重なつて瞠《どう》と倒れ、下になつたフイッツ・ジエイムズは、やにはに組敷かれてしまつた。ロデリックは相手の喉を手で締めつけ、膝でぐつと胸を押へつけた。血の塊のこびりつく亂髪を後ろにはねのけ、眉根を擦《こす》つて霞む眼に流れこむ血潮を拂ひ、きらりと短刀を振りかざした、——しかし、どんなに憎惡と憤怒が燃え上らうとも、血と共に流れつくす我が命を止める術《すべ》はなかつたのだ。死鬪の勝敗を逆轉させる機會は來たが、遲すぎた。——きらりと短刀をふりかざしたが、もう氣も萎《な》え、手は痺《しび》れ、頭も霞み、眼が眩《くら》んでくる。颯《さつ》と短刀をふり下したけれど、狙ひが外れた。血も飛ばなかつた。白刄は生ひ茂るヒースの中に深く刺さつたのである。必死に爭ふフイッツ＝ジエイムズは、もう氣が遠くなりかけた相手の力の拔けた腕を、易々とふりほどいて起上つた。手傷こそ負はなかつたが、亂鬪に精魂盡きて苦しい息を吐いてゐる。

17

もう最後かと思つた一命を死鬪の中から拾ひ出した武運の有難さを、途切れ途切れの聲で神に感謝した彼は、絶え絶えの息に喘ぐ敵の倒れた姿を顧み、その鮮血に例の髮束を浸した。——「可哀想なブランシュ、さあ、お前の仇は存分に晴してやつた。しかしお前の讐《かたき》は死なせるには惜しい程、武人の誼《よしみ》を忘れぬ天晴れな勇士であつたぞ。」——かう言つて、彼は角笛《つのぶえ》を吹き鳴らした。喉元の襟《カラー》を外し、帽子を脱いで、川縁《べり》に坐つて顔や手を洗つてゐた時、全速力で疾驅する馬蹄の音が、遠くの方から微《かす》かながら響いてきた。戞々の音がだんだん大きくなつたと思ふうちに、もう、リンカン染の獵服に身を包んで馬を驅る從士四人の姿が見えて來た。二人は長槍を横《よこた》へ、二人は各々弛めた手綱に繋いで、鞍を置いた馬を曳いてゐる。まつしぐらに馳けつけた四人の者はフイッツ＝ジエイムズの傍までくるとぴたりと馬を停めて——血だらけのあたりを不審相に見廻した。――「皆の者、騒ぐでないぞ。何も訊ねるな。ハーバートとラフネスは馬から下りて、あの武士の傷の手當をしてやれ。すんだら葦毛《あしげ》の小馬に――もつと綺麗な御方を乘せてやる筈であつたが――怪我人《けが》を乘せて眞直ぐにスターリングへ連れて行け。俺は一と足さきに駈け拔けて行くぞ、馬を代へたり着物を着換へたりしなければならんからな。もう太陽も高く昇つたやうだ――いろいろ支度してお晝の弓術試合に臨席しなければならん。しかし栗毛のベヤドのことだから、さつさと草原を駈け拔けて吳れるだらう。ド・ヴォとヘリイズとは俺に蹤《つ》いて來い。

――

18

どー、どー、ベヤド――、」駿馬は命令に從つた。主人の聲を聞いて嬉しいのか、頸をうな垂れて頭を下げ、眼を輝かせながら耳をぴくぴく動かしてゐる。フイッツ＝ジエイムズは鐙《あぶみ》に足を懸けもせず、鞍を手で摑みもせず、左手で鬣《たてがみ》を軟かに握つたまま、輕く地を蹴つてひらりと跨《また》がりざま、馬の太腹に一と當《あて》拍車を入れた。悍馬は勇んで高く躍り上つたが、騎手は姿勢も崩さぬ見事な手綱捌《さばき》である。忽ち、筋鋼入りの强弩を離れた征矢《そや》のやうに馬を飛ばして野原を駈け拔け、急湍を突破してカーホニの丘を馳せ登つた。騎士は拍車をかけつづけて馬を急がせ、二人の從士は一生懸命に後を追つて行く。チースの急流も、堤を疾走する馬にはとても敵《かな》はぬ位である。トリイもレンドリックもはや過ぎた。ヂインスタウンも遥か後ろになつた。見え始めたと思ふまに、デュウン城の旗のひらめく塔の姿も、瞬くひまに遠く森にかくれてしまつた。火花のやうにブレヤ・ドラモンドを馳せ過ぎた。風のやうにオホタータイアを駈け抜けた。昔ながらのキイアの高樓もちらと横手に見えただけだ。汗に汚れた馬の太腹をフォースの濁流に乘り入れて、靜かな川面を亂しつつ搔いたり跳んだり、飛沫を上げて無二無三に渡り切つた。クレイグ＝フォースの崖を右に見捨てた。あゝ、もう蘇格蘭《スコットランド》の名城スターリングも程近い。町家の屋根にとりまかれた灰色の城樓が、一散に馳せつける騎馬武者の一行を見下してゐるではないか。

19

石を疊んだ路を駈け登る時、先頭の騎士は突然手綱を締《し》めて馬を停め、何か合圖をすると、從士は急いで主君の側へ乘りつけた。――「おい、ド・ヴォ、町を目指して石塊《ころ》道を眞直にやつて來る者がゐるだらう。あの背の高い身裝《みなり》のよくない田舎爺に氣が付かないか。丘を登つてくるあのがつしりした然も敏捷らしい足付が目に這入らないか。何處の誰だかお前解るか。」「いや、一向に解りかねます。馬丁仲間の輩《やから》かと存じますが、あの屈強さでは、陣中なり狩獵なりに、一廉《ひとかど》の大名衆の御供の列に加へても立派なもので御坐いませうな。」「馬鹿なことを。怖れたり妬んだりしてゐるくせに、目はあまり利《き》かぬと見える。あの者が城山に近づかぬ前から、威風堂々たる物腰と歩調とで俺は疾《と》っくに目星をつけた。蘇格蘭《スコットランド》廣しと雖、あれ程の立派な恰幅《かっぷく》で凛然と歩るく人間は又と見つかるまい。まさしく彼は、追放に處したダグラス伯の叔父、ジェイムズ・ダグラスに相違はない。急げ急げ、宮中へ馳せつけろ。恐ろしい敵が近寄つたことを早く觸《ふ》れなければならん。王は防備萬端整へた上でなければ彼奴とぶつつかるわけには行かないぞ。」 一行は馬首をめぐらして道を右に取り、忽ち搦手《からめて》の城門に駈けつけた。

20

キャンバス・ケニス修道院を訪れた後、一路スターリング城を目指して進み、今や岩だらけの崖を登る途《みち》すがら、ダグラス卿の自問自答する胸中は哀切極まるものがあつた。「前々から心配してゐた通りになつてしまつた。健氣《けなげ》なグレイム卿は投獄され、豪氣のロデリックが王軍に復仇の刄《やいば》を加へられる日も目捷の間に迫つてゐる。二人の命を助けるものはこの俺《わし》の外には一人もない――身代りに命を投げ出す積りだが、どうにか間に合へばよいが。尼院長は娘のエレンを尼僧にして引取ると約束して呉れた、――娘をお授け下された神様は、どんなに可愛い立派な娘だかはちやんと御存知の筈だから、愚痴の涙をこぼしても御叱りはあるまい――しかし、それも過ぎ去つた夢だ。今の俺の務は――死ぬることだけだ。――あゝ、城の塔が立並んでゐるな。あの恐ろしい城壁の中で、ダグラス家の*一人の者が王の御手討にかかつて果てたことがある。あちらは悲しい死刑の丘だな。残忍な首斬役が血塗れの手をふり上げて、國内一二を爭ふ貴族達の頭上に加へた斧の音が、あそこで何度響き渡つたことだらう。牢獄と首斬臺と無緣墓との用意をするがよい、――ダグラスは命を捨てにやつて來たのだ。――だがまてよ、修道寺院の塔で大層景氣よく鐘を鳴らしてゐるが、一體何事だらう。おやおや、雑踏する町並《まちなみ》には、色とりどりの假裝を凝《こ》らした連中がうようよしてゐる。旗を擔《かつ》いだり山車《だし》を曳いたり、笛だの太鼓だのを鳴らしてゐる。假裝踊《*モリス・ダンス》の連中もやつて來る。珍奇な衣裝をつけてゐるところを見ると、今日は市民達の御祭禮らしい。ジェイムズ王もきつと御臨席なされるに違ひない。槍も碎け散れとばかりに公達《きんだち》が無二無三に突進する騎馬槍術試合も御好きだが、百姓町人の弓術競技や、相手をころがす相撲なども、なかなか御好きな王のことだ。俺も皆の後に從《つ》いて王城廣場へ這入り込んで、ひとつ競技の賞品を張つて見よう、――幸福だつたあの昔、王もまだ幼年の王子であらせられた頃は、俺の强力を頑是ない子供心に御感心遊ばして、よく御賞めの言葉を頂戴したものだ。年は老《と》つても、筋鋼《すぢがね》入りのこの腕がまだ衰へぬ證據を、ジェイムズ王の御目にかけよう。」

21

大手の城門は十文字に押開かれ、吊橋は搖れながら鳴り軋《きし》んだ。御英姿颯爽たる蘇格蘭《スコットランド》王が貴顯を從へて城山の急坂を下つて御出ましだ。鐵蹄に踏まれる石疊の道は戞々の音を反響し、道傍《みちはた》を埋める滿都の人士は歡聲を放ち萬歳を叫んで奉迎してゐる。西班牙《スペイン》產の白馬に召されたジェイムズ王は、町家の婦人達が御目に留るたびに、御帽子を脱がれて、鞍の前輪に屆く程の鄭重な御會釋を遊ばされる。婦人達は得意でもあり氣まりが惡くもあり、眞赤になつたり嫣然《にこにこ》したりしてゐるが、彼女達が作り笑ひをしながら自惚れたのも道理で、王は縹緻《きりやう》よしばかりを選んで挨拶されたのである。町の老人達に對しては王は鹿爪らしい會釋を賜ひ、山車《だし》を御覽になると珍奇な衣裝を御褒めになり、手古舞連中には御苦勞御苦勞と大聲をかけられるのであつた。*「平民共の王樣、ジェイムズ王樣、萬々歳」と絶叫して、天にも屆けと歡呼の聲を擧げてゐる群集に向つては、微笑《ほほゑ》んでみせたり頷《うなづ》いてみせたりの御愛嬌ぶりである。王の扈從の面々は、諸大名、騎士、貴夫人、花の樣な姫君など大勢であつたが、御一行の乘馬はみな速《はや》り切つて、ともすれば人込みに阻《はば》まれ勝の急坂をぐづぐづしてゐるのが我慢できないといはぬばかりだ——しかしその美々しい行列の中をよく見れば、不機嫌な暗い眉や澁い顏付をしてゐる人々が交《まじ》つてゐることに氣がつくだらう。王に抑壓せられて充分に翼《はね》を延ばせない大名達は、以前の我が豪勢さを思ひ出して暗い氣持になりながら、狂喜する市民達を下賤の奴等がと苦々《にがにが》しさうに見下してゐたし、また、一族の安全のために人質となつて遠く故郷を離れ、王城に幽囚の日を送る頭目たちは、灰色に聳える我が居城の高塔を思ひ、風に鳴る森の梢を慕ひ、殿様として威勢を揮つた昔を偲び、今や王の行列を飾る我が身の有樣を悲しく顧みてゐたのである。見てゐて心中不快を禁じ得ない山車《だし》舞臺の踊り子、あゝ、自分もあんないまはしい一と役を振られてゐるのかと嘆いてゐたのであつた。

22

いよいよ王城廣場では、さんざめく群集の中から、派手な扮裝を凝らした一隊の役者が進み出た。假裝踊《モリス・ダンス》の踊り手が、足首に結んだ小鈴を鳴らし、手に白刄をひらめかして亂舞するのも面白いが、しかし今日一番の書入れ試合の行はれる矢場の傍には、豪勇ロビン・フッド*が一味を引具して立ちはだかつてゐるではないか――荒法師タック*は頭巾を着なして六尺棒をとんと突き、老スケイズロックは相變らずの佛頂面をしてゐるし、マリアン姫は象牙を刻んだやうな美くしさだ。スカーレットもゐる、マッチもゐる、チビのジョンもゐる。一同並んで「吾と思はむ者は出合ひ候へ、腕に覺えの弓勢《ゆんぜい》を見せ候へ」とばかりに角笛を吹きたててゐるのだ。では、と、ダグラス卿は强弓を引絞つた――一の矢は誤《あやま》たず金的を射拔き、二の矢を番《つが》へて切つて放てば、見事一の矢を眞二つに裂き割つた。弓術第一の恩賞たる白銀の矢を王の手から受けねばならぬ。進みでたダグラスは懷《なつか》しさうに老いの眼に涙を浮べて、王の優しい眼差《まなざし》を待ち設けたが――見返へす王の眼の中には微塵も溫情の輝きがなかつたのである。通り一遍の射手に對すると同じやうな素氣ない態度で、光りまばゆい白銀の矢をダグラスに賜はつた。

23

さあ、退いた退いた、土俵の邪魔をしてはいかん。力自慢の連中が押し合ひ突き合ひの大相撲だ。並《なみ》居る面々を薙ぎ倒して勝殘つた二人の力士が、もつと手强《てごは》い相手はもう出ないかと威張つた時、應と答へてダグラスが土俵に上つた、――ラーバート町のヒュウは足を折られた、一生跛《ちんば》で終るだらう。アロア町のジョンも同じやうに酷くたたきつけられて、氣絕したまま我が家まで友達に擔ぎ込まれた。王は相撲の賞として黃金の指輪をダグラスに與へたが、その碧く澄んだ瞳は、冬空に凍る露の玉のやうに冷めたく冴えてゐたばかりである。何か一言でも申し上げたいのは山々ながら、騷ぐ胸をじつと押へて差控へてゐたダグラスは、さすがに憤然《むつ》として踵をめぐらし、頑丈な腕をまくつた市民達が重量棒投競技をやつてゐる場所へやつて行つた。選手達が一巡あらん限りの力量を見せた後で、ダグラス卿は進み出て、地に深く生《は》えついた大岩に手をかけた。ぐいと起したと思ふうちに高々と差上げ、虚空を切つて投げ飛ばした。選手達の棒投の最長距離を抜くこと三間にも及んだのである。今でもスターリング王城廣場を見物に行くと、故事に通じた長老がつかまへて、「ここからそこまでダグラス卿が岩を投げられたのですぞ。當今の蘇格蘭《スコットランド》人の貧弱さ加減はどうしたものです」と、述懐めいた訓戒を垂れるのである。

24

やんやの喝采は『谷*』に溢れ、『姫の岩*』に反響してどよめいた。しかし王は冷淡な御顔のまま、金貨の充《つま》つた財布を賞として與へられたばかりであつた。なにをと思つたか、ダグラス卿は憤然《むつ》とした薄笑ひを浮べながら、群集の眞中に金貨をばらばら撒き散らしたのである。あの陽に焼けた老人は一體何者かしらと、眼を見張つて不審《いぶか》しげに詮索してゐた群衆の誰からともなく囁きが湧き起つた。――「氣前のよい人ぢやないか。腕節も凄いものだ。ひよつとしたらダグラス伯ではあるまいか。」――老人達は彼の髪の毛が眞白になつてゐるのに眼をつけて頭をふり、傍の息子達を顧みながら、國外追放になられる以前には、あの殿樣の頑強な腕が、英蘭《イングランド》相手の戰爭ですばらしい手柄を御たてになつたものよと昔噺を聞かせるし、婦人達は、雨風に打たれた面窶《おもやつ》れの跡は消えないけれど何と御立派な恰幅でせうと口々に褒めちぎり、若者達は、人間業とも思へない强力を見せられて、畏れたり驚いたりしてゐる。群集のいつものならひで、もう誰れも默つてはゐられない。囁き聲が段々昂《かう》じて、たうとう耳を聾する大騷ぎになつてしまつた。しかし王を取捲いて空嘯《そらうそぶ》く貴人達は、誰一人としてダグラスに優しい眼付を投げるものもなく、昔日のダグラスの姿を認めようともしないのである。曾ては、遊獵の催のある度に彼の馬側に並んで驅ることを名譽と誇り、客となつては卓を圍んで餐を共にし、戰に臨んでは彼の楯に隱れて危ふきを免れた人々ではないか。彼等宮臣中にはダグラスの姿の見覺のないものは無い筈だ。あゝ、しかし、王の御眼が、素知らぬふりをしてゐられるではないか。

25

亂痴氣騷ぎの大陽氣が少々だれ氣味になつたと思召された王は、今日の祭禮の引出物として大鹿一匹放て、と仰せられた。御寵愛のグレイハウンド二頭に追はせて嚙み殺す有樣を見物したうへで、その鹿肉にボルドーの銘酒を添へて射手の面々に馳走をふるまへ、との御諚であつた。今まで、威《おど》しても賺《すか》しても主人ダグラスの傍を離れなかつたルーフラ——蘇格蘭《スコットランド》隨一の快速を誇る獵犬ルーフラが、鹿追ひの光景を見ると忽ち駈け出した。王の愛犬を中途で拔いて、逃げてゆく鹿にとびかかり、尖つた口先で深く横腹に喰込んで、流れ出る血をたつぷり吸つた。見慣れぬ犬奴が横合からでしやばり居つて、折角の催の腰を折つたとはいまいましいと、猛《たけ》り立つた犬役人が飛んで來て、手にしてゐた革紐でこの健氣な犬を擲《なぐ》りつけた。——今日の朝から、ダグラスは王の冷やかな表情をも貴族達の嘲罵の色をも我慢した。自尊心にとつて一番辛いことだが、民衆に同情の聲を浴せられても默つて居たのである。しかし、このルーフラは手鹽にかけて育てた犬だ。食物も分け合つた、夜は寢ずの番をして吳れた。エレンが娘心の戯れから、花環を編んでこの犬の首に結びつけて喜んだことも度々あつた。ルーフラと云へばすぐエレンの姿を思ひだす程、娘と犬とは大の仲よしであつたのだ。抑へに抑へてゐた怒が一時に發して、ダグラスの眉は曇り、その眼は怪しく光つた。舟の舳《へさき》で切るやうに、道を讓る人波をかき分けて、彼はのしのしと犬役人に近寄つた。只一擊を喰つただけで忽ち犬役人は血反吐《ちへど》をはいて悶絶してしまつたのである。たとひ鋼鐵の籠手《こて》をはめてゐようとも、こんな物凄い拳固を見舞ひ得るものは滅多にあるまい。

26

王の護衞の兵士達が、それとばかりに犇《ひし》めきながら、刀や棒をふりこんでくる刹那、ダグラス卿の嚴然たる言葉が響き渡つた、——「下郎共、退れ、命が惜しければ退れ。このダグラス卿が判《わか》らぬか。――ジエイムズ王よ、御覽のとほりダグラスで御坐います。遠い昔に御處刑を蒙りまして以來、草を分けての御追討にも洩れましたこのダグラスが、戰亂沙汰の和解のために一身を挺して罷出《まかり》ました。一命は御意のままで御坐いますが、ただ私の友人二名の者に格別の恩寵を歎願致したう存じます。」「さつきの仕業は俺の仁德に對する返報なのか。さても推參な大名殿だ。ボズウエルのジエイムズよ。慢心の揚句に野心を抱き居つたお前の一族は憎むべき奴等だが、俺の心の弱さからか、お前一人だけはどうしても仇敵と思ふことが出來なかつたのだ。しかし、王たるものの面前で狼藉な一擊を揮ひ、あまつさへ傍若無人の振舞ひとは到底我慢ならぬ。これこれ、近衞の隊長は何處に居る。罪人に入牢申付けろ。――遊戲は中止だ、」――どよめきが捲起つた、市民達が矢を番《つが》へ始めたのだ――「遊戲は中止だといふに。騎兵に命じて下民共を追拂へ。」王は不興げに仰せられた。

27

賑々しい今日のお祭禮は無殘にも慘澹たる阿鼻叫喚の巷《ちまた》と化してしまつた。騎兵が群集の眞只中に馬を乘入れて駈け廻り、威《おど》したり怒鳴つたりして追散らしにかかつたのだ。老人子供は踏潰され、臆病者は逃げまどひ、女は金切聲をたててゐる。威勢のよい連中は手に手に石ころや弓や杖や棒をつかんで、やれやれ、と大騒ぎを演じてゐる。近衛兵の長槍が十重《とへ》二十重《はたへ》にひしひしとダグラスを追取圍《おつとりかこ》んで急坂を除々と登つて行く後を追つて、口々に喚《わめ》きたてる烏合の衆がわーつとなだれかかる。ダグラス卿は國法に抗せんとする市民達を悲しげに眺めてゐたが、近衛の隊長に言葉をかけた――「ハインドフォード卿ジョン君よ、君が騎士の位を授かる時に、君の肩を劒で敲いたのは俺ではなかつたかな。心得違ひの下民共に俺から一言申聞けたいと思ふが、あの時の恩義に免じて大目に見て貰ひたい。

28

諸君、善良な同胞諸君。俺《わし》のために忠順の絆《きづな》を踏みにじる前に、一言俺《わし》のいふことを聞いてくれないか。この俺《わし》は蘇格蘭《スコットランド》の國法に、自ら進んで生命も名譽も一身の黒白も御預けしたのだ。國憲は嚴として犯すべからず、市民諸君の心得違ひの憤慨によつて支持されなくとも間違ひはないのだ。もし萬一、俺《わし》が身に覺えもない重刑を課せられる場合と雖、俺《わし》は一人《ひとり》よがりの悲憤に燃える男ではない。飽く迄公衆の安寧を尊重する。敵人に大人氣無《をとなげな》い復讐を加へることは決して行はぬ。國土と國人とを結び付ける愛國の至情を蹂躙するなどはもつての外だ。諸君よ、解つてくれたか。いくら俺のためとはいひながら、敵軍を突きくづすべき諸君の槍先が同胞の鮮血に染められ、無益な腕立《うでだて》のために多數のものが命を墮《おと》して、母は亡き伜を悼《いた》み、寡婦は亡き夫を泣き、孤兒は亡き父を悲しみ、憂國の士は綱紀の弛廢を嘆いて、事の起りは彼奴《あいつ》だとこのダグラスを呪ふやうな始末になるならば、これからあの塔の中で幽囚の日々を送る俺《わし》としても決して嬉しいこととは思はぬ。我慢して不祥な事變を起さないで吳れ。正道を歩んで身の安泰を計り、そして何時までも俺を忘れてくれなければ、それが一番有難いのぢや。」

29

風が吹き納まつて雨がしとしと降りだすやうに、いきりたつてゐた群集は急に鎭まつて涙に咽《むせ》んだ。身命を鴻毛の輕きに比し、國運を泰山の重きに置いて、念頭ただ愛國の至誠に燃ゆるこの寬厚の長者の爲に、一同は手をかざし空を仰いで、ひたすら上天の加護を祈つてやまなかつたのである。老先《をいさき》短かい年寄は、內亂を未然に防いだ御方の爲に神の祝福を乞ひ奉り、子持女は手に手に坊やを差し上げて言つた。「それ御覽、あそこに見えるのが殿樣だよ、濡衣の罪を默つて受けて怒つた顏も御見せにならない。もしもあの殿樣が御覺悟なされなかつたら、坊やの父樣は死んだかも知れないのだよ。」武骨一邊の隊長も感動した。愛するものの棺《ひつぎ》を野邊《のべ》送《をく》りするかのやうに、愁然とうなだれつつ長劍を斜に抱いて、ダグラスを城山の上まで護送して牆壁嚴《いか》めしい城門に着いた。この勳功に輝く四人を城内のものに引渡した時には、流石の彼も溜息を洩らしたのである。

30

御立腹の王は御不快のあまり興奮の御様子で、只一人離れてとつとと馬を進められた。この上また行列の先頭に立つてスターリングの都大路を練り歩る御氣持にはなれなかつたのである。「あゝレノクス、人民は移り氣だ、平民は愚劣だ。こんな奴輩《やつばら》を誰が好んで治めたがるものか。今しがたダグラス卿の名を稱へて喝采の響を擧げたのをお前は聞いたらう。同じ下民共の喉が今朝このジエイムズ王のために聲をふりしぼつて歌つたり、歡呼の聲をとどろかせたのだ。俺《わし》が始めてダグラス伯一族の專横を誅伐した時にも、同じ樣な歡呼の聲が俺《わし》の勝利を祝賀して絶叫したものだ。もしもダグラスが俺を玉座から引ずり下ろすならば、矢張り同じ樣な歡呼の聲を擧げて彼を迎へるであらうよ。女心のやうに氣まぐれで、とりとめもない夢のやうに移り氣で、逆上した狂人のやうに兇暴で、流れに浮ぶ木の葉のやうに輕薄な彌次馬連中を、誰が好んで治めるものか。八岐《やまた》の大蛇《おろち》のやうな怪物奴、貴樣達の王になりたがるものが何處にあらう。

31

ままてまて。向ふの方からへとへとに疲れた早馬を飛ばせてくるのは何の急使だらうか。遠目に見ても兜《かぶと》の紋章で何藩だか解るのだが――マー伯爵ジョンの家來だな、急用の筋は何事だらう。」

――「御注進、御注進、陛下、御遊獵の節は何卒危險のない警備區域内に限られます樣、是非にと我が殿より御懇願の由で御坐います。永年の浪人たる頭目ロデリックが反亂軍を召集致しました。詳しいことは判じかねますが、何か不逞の野望を企《たくら》んで――陛下の御身邊を窺《うかが》ふものと相見えます。舊ボズウェル城主ジェイムズ・ダグラスの加擔を得て、狼藉無賴の徒が既に集結整つた氣配で御坐います。我が殿マー伯は今朝デュウン城より御進發、逆賊追捕に向はれました。やがて戰況御報告の手筈に及びませう。何分危險至極につき、當方の備《そな》へ手薄の間は、御供廻り少々ばかりの御遠乘を御控へ遊ばれたしと、我が殿より強《た》つて御願ひ申す次第で御坐います。」

32

「さう云はれて俺《わし》の手ぬかりに氣が付いた――もつと早く手配すべきであつたが、今日の賑々《にぎにぎ》しさに氣を奪《と》られて忘れて居つた――早打で引返へして吳れ。心配するな、馬を乘潰したら、俺《わし》の持馬の一等よいのをやらう。歸つたら、急迫する戰端を俺が禁ずるとマー伯に傳へてくれ。今朝ロデリックは一騎打の揚句、味方の騎士に手籠にされ、ダグラスは一命も一身の曲直をも國法の前に投げ出し居つたのだ。大將株が捕虜にされたと聞けば山賊軍は四散するだらうし、當方としても、頭目達の罪科は兎も角、無辜の下民共に復仇の刃を向けたくはない。マー伯にさう復命してくれ。ブレコ、急ぐのだぞ。」――急使は馬首を返へして――「陛下、御諚の通り馬を急がせますが――この咲き亂れる花の野原を駈け拔けませぬうちに、もう兩軍とも白刃を拔いてはゐないかと案ぜられます。」使者は拍車を蹴つて飛鳥の如く駈け去り、王はそのまま城內へ御歸還あつた。

33

その日はジエイムズ王の御氣色《みけしき》ただならず、さんざめく饗宴や絃歌の音は御意に召さなかつた。廷臣百官の集《つど》ひを早く御引取らせになり、祝賀の奏樂も直ぐ御差止になつたのである。これまた憂色に包まれた都の空も、悲愁の氣に滿ちる夜の闇暗《くらやみ》に蔽はれてしまつた。――いよいよ內亂だ、積もり積もつた宿怨だからな、山嶽戰だぞ、マリ伯とマー伯とが黑鬼ロデリックを相手に廻していよいよ陣立ださうな、――市民共は噂とりどりである。ダグラス卿の話も出たが、城の中に監禁された卿を氣の毒がつて、「あのお城といへば、昔々、豪の者と云はれたウイリアム・ダグラス伯が殺《や》られ……」と云ひかけて彼等は口を緘《つぐ》み、しいつと手で脣を押へたり、腰の短刀を指さしたりするのであつた。數人の疲れ切つた騎兵が、西の方角から夕暗をついて王城に馳せつけたと知つた金棒引は、もう默つてゐられない、さてこそカトリン湖岸の戰況報告に違ひない、なんでも物凄い亂戰がお晝から夕景《ゆふけい》まで續いたとさなどと、云ひ觸らして廻つたものだ。市中は胸もどきつくやうな流言に迷はされて物情騷然としてゐたが、たうとう眞暗な夜の帳《とばり》に閉されてしまつた。

卷ノ六　武《む》者《しや》溜《だまり》

1

太陽は今目醒めたり。薄濁《うすにご》る御空の氣配《けはい》、
黝《くろず》める街《ちまた》の並《なら》び、鈍《にび》色に陽《ひ》影《かげ》渡れば
世の人は早も起きいで、あなあはれ　罪の子故に
遠祖《みをや》より世々につたへし　生業《なりはひ》に心を絞る。
長き夜を踊りあかせし　蕩兒等も吾家にかへり、
徘徊《たもとほ》る夜の剽盗も　山住みの洞《ほら》に籠りぬ。
夜をこめて　本《ふみ》讀む者も　漸くに筆を捨てつつ
痺《しび》れたる眼《まなこ》を閉ぢて　心ゆく熟睡《うまゐ》に落ちぬ。
靄《もや》こむる空をかき分け　押照らす天津日影は
さまざまのこの世の姿、かなしみの人を見果てぬ。

熱高く病《や》み臥せりつつ　列《なら》び寢《ね》の施藥《せやく》の寮の
藁敷《わらじ》きのいぶせき床《とこ》に　さし渡る朝《あした》の光。
久方《ひさかた》の光は淸く　淫奔《いたづら》の娘は恐れ、
借《か》り金を返さぬ者は　目覺めつつ獄舍《ひとや》を思ひ、
人戀ひて歎かふ者は　惱ましき夢を見捨てぬ。
病み重《こや》る稚子《わくご》はあはれ　泣く聲の可細《かぼそ》けれども
寢もやらず看病《みとり》する手の　母の手蒼く　ほの白みたり。

2

曙の空に浮ぶスターリング城の物見櫓《ものみのやぐら》には、憂々たる兵士の足音、鏘然たる刀槍の音が響き、漏刻を知らせて轟く太鼓の音は、夜衞に困憊した哨兵達にうれしい交替の時刻の近づくことを告げて鳴つた。薄靄を押し分けて流れくる朝日影は、狹い射眼《やざま》や鐵格子の窓から此の衞兵詰所に射込んで、黃色に褪せてゆく篝火《かがりび》の灯と交り合ひ、黑ずんだ石の拱廊に陰慘な光を漂はせながら、物々しい甲冑姿を照らし始めた。刀傷の痕も醜《みにく》いうへに、徹宵の警備に憔悴して、しかも呑放題食放題の熱を昂《あ》げた鬚面《ひげづら》の連中が、ごろごろしてゐる武者溜《むしやだまり》である。柏材の大卓子《テーブル》一杯に、酒はこぼれ、殘肴は積《うづ》高く、杯盤狼藉として夜宴の歡樂を物語つてゐた。疲れ切つて床といはず長脚《ベン》子《チ》といはず大鼾《いびき》でごろ寢を極めこむ者、まだ喉が渴いてたまらんと酒盃の手を休めぬ者、夜衞の寒さに凍えた手を大きな煖爐にかざして餘燼に暖まつてゐる者、思ひ思ひの體たらくである。そして、誰れかが一寸動いても甲冑のすれあふ音が響くのであつた。

3

彼等は代々殿樣の御領地を耕す忠良の民ではない。氏族《うぢ》に屬するものは頭目を家長と敬まつて命のままに動くのであるが、彼等は指揮官を家長と認めるのでもない。元來彼等は事を好む股旅《またたび》者《もの》で、大好物の斬つた突いたで飯《めし》にありつく傭兵であつた。淺黑い顏のイタリヤ人もゐるし、相當色揚《いろあげ》したスペイン人も加はつてゐる。山住ひを好むスイッツル人もゐるが、山の多いこの蘇格《スコット》蘭《ランド》が何處の他國よりもしつくりしてゐるらしい。フランダーズ出身の兵士は、耕しても耕しても僅の收穫しかない此處の瘠地を鼻で笑つてゐた。フランス人もゐる。ドイツ名前も交つてゐる。亡命イギリス人も隊士に加はつて、吝嗇《しみつた》れた蘇格蘭《スコットランド》の扶持米《ふちまい》の御招伴に與りながら、馬鹿々々しさうな顏をしてゐた。武器《うちもの》とつてはいづれも劣らぬ猛者揃ひ、大身《おほみ》の鉞《まさかり》槍《やり》や陣太刀や楯にかけては一廉《かど》の達人ばかりである。攻城野戰には命知らずの暴れ者で、掠奪となると殘虐を極める連中である。昨日は丁度お祭禮だつたので、軍規を解かれての大盤振舞ひにありついたのであつた。

4

一座は、カトリン湖とアハレ湖とを挾んでの大血戰の噂で持切つてゐた。殺氣立つた言葉のやりとりが縺《もつ》れた揚句、ともすると刀の欛《つか》に手がかかるのだ。すぐ近くで、負傷した戰友達が苦痛に呻吟してゐるのもお構ひなしに、大言壯語の大騒ぎをやつてゐる。『高地《ハイランド》』人《ギア》の刀を受けて手や足を切り刻まれ、身體中血塗《ちまみ》れになつた負傷兵がこの詰所の隣室に收容されてゐたので、お祈りを擧げたり、狂人のやうに泣き喚《わめ》いたりする聲が、騒々しい冗談や猛りたつ喧嘩口論の合間合間に悲慘な合手《あひのて》を入れるのだが、そんなことに氣をつかふ連中ではない。たうとうブレントの住人ジョンが突立つた。この隊士は*トレント河畔の鄕士の出で、眼中人なく、怖いもの知らずの亂暴者、泰平の御世には密獵に憂身をやつし、營内では上官に反抗して手に負へない奴であつたが、いざといふ際《きは》どい時には隊中切つての猪武者であつた。折角のお祭禮が中途でおじやんになつてつまらないと彼はこぼしてゐたが、がやがやと賭事勝負をやつてゐた連中に邪魔を入れて、大聲で怒鳴つた。「おーい、盃をもう一遍廻さうぢやないか。俺が乙な小唄を一節《ひとくさり》やらかすからな、戰友のおつきあひだ、皆んなで景氣のいいところを合唱してくれよ。」

5

兵士の歌

坊主の説法《せつぽ》はお定《きま》りぢや。ペテロ、ポーロの御二人が、
涎が垂れそな盃に　悪態たらたら吐いたとさ。
しんとんとろりの酒壺にや　喧嘩出入や首吊《くく》り、
白葡萄酒の徳久利にや　*七大罪が御坐るとさ。
へへんだ、バーナビイ　それ唄へ、景氣をつけてじやんと呑め、
ぐでんぐでんに醉ぱらへ、一昨日《をとひ》おいで、糞坊主。

坊主の文句はうるさいぞ。眞赤に熟《う》れて濡《ぬ》らついた
可愛い阿魔の唇を、なめたら最後地獄行、
別嬪さんの前垂れの　裏にやかくれた夜叉《やしや》がゐる、
可愛い黒目の秋波《ながしめ》を　磐若《はんにや》の手槍と思へとさ。
へへんだ、ジヤックさん　それ唄へ、ジリアン阿魔つ子をなめてやれ、

赤くなるまでなめてやれ、一昨日おいで、糞坊主。

坊主の說法も無理はない。說法で御布施を頂戴し、
そこで袈裟脱《けさぬ》ぎや蛸《たこ》踊り、女佛《をんなぼとけ》に酒佛。

ありがたすぎる御宗旨に　有象無象の分際で
手を出す奴は險呑と　瞞《だま》しにかかるが御役目よ。
へへんだ、兄弟　それ唄へ、景氣をつけてじやんと呑め、
マージョリ阿魔つ子萬々歲、一昨日おいで、糞坊主。

6

突如として哨兵の誰何《すゐか》の聲が門外に響いた。大陽氣の歌聲がぱつたり止んだ。何事かと一人の隊士が入口まで見に行つて――「諸君、ゲントのバートラム老の御出だ――おい、嬉れしがつて太鼓を叩けよ、――娘つ子と音樂師を連れて御入來だ」と云ひ終らぬうちに、顏に傷痕のある白髮のフランダーズ人バートラムが、琴彈きと一人の娘を引連れて這入つて來た。山國育ちらしい娘は縞羅紗マントをすつぽり頭から被つてゐたが、猥雜極まる室の樣子や騷々しい一座の面々を

正視するに堪へかねて尻込みしてゐる。「戰況はどうだい」と衛兵が一齊に怒鳴ると老兵は答へて云つた、「正午から夕方までやり合つたが、なにしろ相手は、奴等の巣の荒山同様に獰猛で始末にいけぬ敵だからな、敵味方双方共死傷算無しだ。しかもどちらの旗色がよかつたとも云へないね」——「ところで、その捕虜をどこからしよつぴいて來たんだい。素的滅法な分捕品だぞ。御骨折も無駄ぢや無かつたつて理《わけ》だな。お前もそろそろ御老體だし、手荒い戰争ごつこも辛《つら》いだらう。うまく娘樂師と琴彈きが手に這入つたからにや、猿を一匹めつけて來いよ。旅藝人の親方に納まつて、國中興行《う》つて廻つたら面白からうぜ。」——

7

「いや、——こりや俺の玉ぢやない。——一合戰終つた後で、この老樂師と娘さんが俺達の陣屋を訪ねて來て殿樣に御目通りなすつたんだ。それから殿樣マー伯爵の御命令を受けて、俺が御兩人の馬を仕立てて大急ぎで此處まで案内したといふ次第さ。冗談口やふしだらな眞似はいい加減にしろよ。失禮な口をたたいたり手荒な悪ふざけをすると承知しないぞ。」——喧嘩口論となると何時も眞先に飛出すブレントのジョンがいきなり怒鳴り聲を擧げた、「なんだつて。爺さん馬鹿に鼻息が荒いぢやないか。俺達の繩張り近くで牝鹿を仕止《しと》めておきながら、森番の俺達に義理の場代を出し澁るなんて、さもしい吝嗇野郎《しみつたれ》だ。マリだらうがマーだらうがお前だらうが、どいつだつて構ふもんか。どうあつても御裾分を頂戴しないぢや我慢出來ないぞ。」バートラムはジヨンの出足を遮り止めた。アラン老人も纔に障《きは》つて、腕立の出來る柄でもないのに短刀の欛を握りしめた時、エレンは臆する色もなく間に割つて這入り、顏を包んでゐた縞羅紗マントをさつと脫ぎ捨てた、――朝雲を破る五月《さつき》晴《はれ》の太陽が雨に洗はれて輝きわたるやうに。亂暴者の隊士達も膽《きも》を潰して、天から降つた御使姬《つかひひめ》のやうな姿を見詰めるばかり、音に聞えた豪傑ブレントのジヨン自身でさへ、さつきの勢は何處へやら、驚嘆と赤面と半々の氣持でどぎまぎしながら、そのまま立竦《すく》んでしまつた。

8

エレンは惡びれずに言つた――「兵隊さん、聞いて下さい。私の父親は矢張り兵隊さん方の御仲間でして、陣屋では兵士を勵まし、進軍には兵士の先頭に立ち、戰爭では兵士と一緒に血を流したのです。今は追放人となつて居りますが、その娘の私がお勇しいお強い兵隊さん方に酷い目に逢はされる理《わけ》は無いと思ひますが――」――惡にも善にも人後に落ちたことのないジヨンが答へて云つた、「とんだところを御覽に入れて赤面の到りです。お父さんは追放人ですつて、お氣の毒なことだ。いや、私も森林法を犯した科《とが》でお國拂ひでさ。罪の一件はあの愉快なニードウッドの森がよく知つてる筈ですよ。可哀想なローズが——もしローズがまだ生きてゐるなら、丁度お前さん位の年恰好だらうが」——彼は鬼の眼の涙と額の冷汗を一緒くたに拭《ぬぐ》ひながら——「おい皆のもの、俺は隊長を呼びに大廣間まで行つて來る。床《ゆか》の上にこの通り鉞《まさかり》槍《やり》を寢かしておくが、娘さんに手出しをしたくて此の槍を跨ぐ奴があつたら、胸の眞中をずぶりと御見舞するぞ。——下品な口をきいてはいかん、失禮な冗談も愼しむんだぞ。このブレントのジョン様はどんな人間だか皆んなよく知つてゐる筈だ。それだけ云つて置く。」

9

隊長がやつて來た。*タリバアヂーン館《やかた》の血統を引く伊達な青年で、まだ騎士の印の黄金の拍車を帶《つ》けてゐない。態度は快活であり、性質も氣輕な方で、控へ目に控へ目にと務めてゐるけれど、言葉使ひには横柄なところがあり、遣《や》り口は無遠慮である。あつかましくも穴のあく程じろじろ見られて、名門に生れたエレンは我慢しかねる程であつた。——この青年隊長ルイスは寛濶な若者であつたけれど、エレンの美くしさは其の服裝《みなり》や場所柄とあまりにも似つかはしくなかつたので、彼があれこれと想像を廻《めぐ》らしたのも無理からぬ次第であらう。「これはこれは綺麗なお孃さん、ようこそスターリング城へ御越しになりましたね。あなたは白い馬に乘つて白髮の琴彈きを召連れて、騎士の助けを求めに來られたのですか、昔噺の流浪の少女そつくりですな。それで御賴みの次第といふのは、一廉《かど》の騎士でなくつちあ役に立たないやうな大事件ですかね、それとも私みたいな從士でも結構間に合ひますか。」――エレンの黑い瞳は輝いた――口をきかないで嘆息してゐたが――「女の誇などといふものは私になんのかかはりも御坐いません――悲しいこと、恥しいこと、恐ろしいことを潛り拔けて此處まで參りましたのは、ただ、父親の命を助けていただきたいばかりに、王樣の御目通りを御願ひに上りましたのです。御覽下さい、フイッツ・ジエイムズ樣が王樣から感謝の印《しるし》として拜領された指輪で御坐います。これさへあれば私のお願の筋も御聞屆けになることと存じます。』

10

靑年ルイスは御璽を刻んだ指輪を受取つて、急に恭々《ちやうちや》しい態度になり、顏付さへ變つた――「この指輪を御持參遊ばすからには、私共は何なりと御用をお務めしなければなりません。下賤の姿に身をやつしての御忍《しの》びとはつひ氣がつかず、何《いづ》れの姬樣とも存じかねまして、不行屆の失禮を申上げたかも知れません。何卒御許しを願ひます。夜が明けはなれましたら、御願ひの次第を王の御耳に入れませうから、甚だ相濟みませぬが、王の御目醒まで暫く御局《つぼね》で御休息下さりますやう。女官共に申付けまして、御食事なり御召更なり、なんなりと御意のままに致させます。失禮ながら、奥へ御案内仕りませう。」惜みなく與へ惠む家風に育つたエレンは、隊長に蹤《つ》いて行く前に、「少しですけれど、みなさんで分けて」と財布の底をはたいてしまつた。衞兵一同は褒美の金貨を有難く頂戴したが、ブレントのジョン一人は氣まり惡さうな云ひにくさうな顔付をしながら、渡された金をいやがるエレンの手に突堅貪《つつけんどん》に返へしてしまつた――「生意氣な英吉利根性を御勘辨下さい。御無禮な振舞も水に流して下さい。私はこの空《から》の財布を御褒美に戴きます。これを私は帽子に飾つて、派手な羽根飾をつけた騎士でさへ尻込みするやうな、危險な戰場で暴れ廻る積りです。」感謝を籠めて――その他に何が出來よう――エレンはぶつきら棒な軍人氣質《かたぎ》の御禮にと、この男に空の財布を與へたのである。

11

ルイスがエレンを連れて去ると、アランはブレントのジョンに賴み込んだ――「お孃樣が御無事で一安心しましたが、今度は私のお願ひです。御主人樣に一目會はせてくれませんか。私は御主人の御館《やかた》で樂師の役を務めてゐたものです――一生涯御主人と運命を共にしなくてはならない身分で御坐います。先祖の者が始めて御館で琴を鳴らして以來、私で十代も續いて御仕へして居るのですが、代々のものは悉く一身を忘れて、御館の御繁昌を願はないものは一人もありませんでした。殿樣御誕生と同時に私共は骨身を碎いて御仕へ致します。御世嗣御幼少の砌《みぎり》は、琴を鳴らして御寢つかせ申上げますし、お若い時分には古い戰物語を御聞かせ申し、狩獵や戰爭で初陣の功名を御たてになると、早速讃美の頌歌を作ります。泰平の御時世にも亂世にも、何時も御役目を守り通して、御食事の時には樂しい音樂を奏し、お寢みの折には靜な曲を御耳に入れて御疲れを鎭《しづ》めまするし、殿樣の靈柩車に悲しい挽歌の調べを涙と共に濺ぐ日まで、片時も御側去らずの御奉公を勵みますのぢや。かういふ次第ですから、此の度殿樣が幽閉なされたからには、私も御一緒に憂き艱難に會はせて戴きたい。それは私の權利とでも申すものぢや——いやとは仰言るな。」——ブレントのジョンは答へた「俺達のやうな南國生れは、先祖の系圖が何うの是うのと氣にする方ぢやないし、氏族《うぢ》の名前——名前なんて言葉の片端《はしくれ》ぢやないか——名前ひとつで、一族郎黨が領主に忠勤を勵むなんてことは、どうも腑《ふ》に落ちないんだが——しかし考へて見れば、俺の地主樣は爲《す》ること成《な》すこと親切極まる人だつたよ——で、俺も地主樣ボーディザート家の御繁昌を祈る次第だよ。俺も森で鹿を追かけたりなどしないで、溫順《をとな》しく野良の牛でも引張り廻してさへゐれば、何も追放されたり此んな土地まで流れて來なくてもよかつたのさ。さあ爺さん、俺に蹤《つ》いて來なさい、殿樣だか御領主樣だか知らないが、ともかく會はせてやるよ。」

12

彼はかう云つて、錆ついた壁鉤から一束の重い鍵を取り外し、炬火《たいまつ》に火を點じてアランを案內して行つた。格子窓いかめしい拱廊や陰慘な廊下を通り、幾つかの門を潛つた。奥の方には囚人の呻き聲が聞え、手枷《かせ》足枷がかたことと鳴つてゐた。凸凹石を組上げた圓天井の下も通つたが、其處には刑車、斬罪用の斧、首斬役の刀、その他手足を折つたり挫いたりするための氣味惡い責《せめ》道具の類が亂雜にころがつてゐた。こんなものを考案した工匠も、名稱を附けることを恥であり罪でもあると思つたのであらう、別にこれといふ名稱もない始末である。いよいよ軒の低い入口にやつて來た時、ブレントのジョンは持つてた炬火をアラン老人に手渡して、自分は鐵栓《ボールト》や鎖を捻《ほど》じ解き、閂を外して扉を開けた。這入つてみると、其處は用心堅固な暗い座敷牢であつたが、流石に地下の牢獄と違つて、高く切つた格子窓からどうやら陽影も洩れてくるし、凄慘な壁や柏材の床《ゆか》のそここには、粗末ながら古風な調度が飾りつけてあつた。殺伐な古代には、かうした室をしつらへて、由緒正しい捕虜を閉ぢ込めたことと思はれる。「爺さん、ここに居殘つてもいいよ。だが御典醫がまた見廻りにくる時迄のことだぜ。番兵から聞いたんだが、お豪い囚人を大切に扱へといふお上《かみ》からの御達しで、醫者は怠りなく役目を勤めてゐるんだとさ。」と云ひながら、ジョンは室を出て鐵栓《ボールト》を締め、呻くやうな鍵の音をさせて去つた。物音に目を醒した囚人は、みすぼらしい寢床から力なげに顔を擧げた。老樂師は少しおかしいなと思ひながら、よくよく見れば、あゝさうだ――なつかしい主人ではなくてそれは黒鬼ロデリックではないか――。アルパイン族が血の雨降らしてゐる方角からやつて來たこの老人を、ジョン達はすつかり思ひ違ひして、この頭目に會ひたがつてゐるのだと考へ込んだのであつた。

13

黒鬼ロデリックは寢床に横臥してゐた。坐礁した揚句、勇敢な乘組員にも見捨てられた大船が、もう二度と其の高い舳《へさき》で波を切つて進むこともなく、只空しく寄浪に洗はれてゐる様に――。彼は熱に惱む手や足を、時折投げ出すやうに動かすのだ。難破船が潮流に押されながらも淺瀬から離れることが出來ないで、舷側《ふなべり》を打つ波に揉《も》まれて空しく搖れてゐる様に――。山野を縱横に踏みにじつた以前の姿は何處へ行つた。あゝ、海原を走りゆく船の勇姿を再び求むべくもない――。老樂師の姿を認めると彼はいきなり尋ねた――「エレンはどうした――一族のものはどうした――母上は――ダグラス卿は――すつかり話してくれ。俺がやられたばかりに、皆んな滅亡してしまつたか。さういへば、一體お前はどうして此んな處へ來たんだ。早く話せ――遠慮なしに話してくれ――怖《こは》がらなくてもよい。」――（ロデリックの氣性を呑込んでゐるアランは、悲しいやら恐ろしいやら、喉が詰《つま》つて聲が出なかつた）「奮戰したのは誰だ、逃亡したのは誰だ――爺《ぢい》よ、手短に話してくれ。瓦全を求めたものもあるだらう――何しろ大將の俺がゐないのだからな。玉碎したのは誰だらう。」老樂師は叫んだ、「頭目樣、御鎭《しづ》まり下さいませ。エレン樣は御無事でゐられます。」――「それは有難いことだ、」――「ダグラスの殿樣もどうやら御助命の見込みがつきさうです――母御のマアガレット樣も御安泰で御座います。郎黨衆は――國中の軍歌を探しても、今度程の忠勇無双の戰ひを詠じたものは又とありますまい。立派な枝が散を亂して折れましたが、聳え立つ松の幹はまだ倒れませせぬぞ。」

14

頭目ロデリックは半身を起した。眼は高熱に燃えて爛々と輝いてゐたが、淺黑い顏一面に、血の氣の失せた鉛のやうな土色が浮いてゐる――「おい老樂師、いつかの祭日に、あの離れ島でお前の勇ましい音曲を聞いたことがある――あの島には、もう琴を彈く伶人もなく、耳を傾ける勇士もゐないが――あの時、ダーミット族を打破つた我軍の勝利を祝つて、お前が高々と唱ひ擧げてくれた音樂は、聞く者の心を踊らせずにはゐなかつたものだ——あれをもう一度やつてくれ。一族郎黨がサクソン軍を向ふに廻して合戰する光景を、流れでる卽興にまかせて、目のあたり見るやうに語つてくれ。（お前の冴えた腕でやれぬ筈はない）歌つてくれ。かうして靜かに聞いて居ると、太刀や槍の打合ふ音が俺の耳に響くことだらうし、この窓の格子も室を圍む壁も消えてしまつて、壯快な戰場が目先に浮んでくるだらう。さうしたなら、俺も入り亂れての血戰の場に見事討死を遂《と》げるやうな氣持になつて、笑つて死んで行けるのだ。」　老樂師は慄へながら恐る恐る命令に從つた。——琴の絃《いと》に進まぬ指を運んだのだが、峰の上から我目で見た戰場の光景や、昨夜老兵バートラムから聞知つた話なども思ひ出されて、おのづから歌興は胸に溢れ、息も繼がずに吟じつづけるのであつた——河に泛んだ輕舟は、おづおづして岸を離れ澁るけれど、一旦河心の急流に乘ると忽ち稻妻のやうに漕ぎ下るものだ。

15

ビイル・アン・ドゥインの合戰

「美はしき湖《うみ》　アハレイに
永久《とは》の訣別《わかれ》を　告げなむと

また立歸る　歌人《うたびと》が
東に高き　ベンヴェニュ
尾根に登りて　見下せば
湖《みづ》も渚《なぎさ》も　しづかなり。
　生ひ茂る　羊齒《しだ》もそよがず
　湖水《みづうみ》に　風吹き絶えて
　巣に籠る　鷲はまどろみ
　小男鹿《さをしか》は　藪にひそみつ、
　諸鳥《もろどり》の　鳴く音《ね》かそけく
　跳ぶ鱒《ます》の　姿もなきに、
　ベンレヂの　山を包みし
　遠空《とほぞら》の　夕立雲は
　憂《う》き色の　柩《ひつぎ》の衣《きぬ》か。
　とどろにも　深鳴りするは
　雷《いかづち》の　はためく音か、

武者押の　武夫共《つはもの》の
力足《ちからあし》　踏みて鳴らすか。
茂り葉に　流れ光るは
稲妻の　射し渡れるか、
夕春《ゆふづつ》の　陽《ひ》影《かげ》を浴びて
閃ける　槍の穂先か。
寄手《よせて》の勢《ぜい》は　マー伯と
マリ殿一家と　覺えたり。
湖水をさして　攻めのぼる
長蛇の陣の　只中の
小柄《こづか》打つたる　鍬形と
銀星散らしの　旗を見よ。
　十年の　命を縮め
一目見よ　雲霞の勢を。
武夫《もののふ》は　欛《つか》を敲かむ

伶人《うたびと》は　絃《いと》を鳴らさむ。

16

藪の間《ま》に敵や潛むと
探りゆく輕裝弓隊、
槍襖《やりぶすま》　二陣に控へ
夕暗の林の如し。
後詰《ごづめ》には騎馬の荒武者
馬鎧《うまよろひ》とりよろひたり。
鐃鈸《シンバル》も喇叭も鳴らず
笛太鼓　音《ね》をひそめつつ
肅々と進む足音、
只聞ゆ鎧の擦音、
風絶えて前立搖れず、
旗垂れて　流れなびかず、

路を蔽ふ弱細《よわほそ》枝の
白楊《はこやなぎ》　ただそよぐのみ。
ここかしこ　斥候《ものみ》を出し
伏勢を探りつ行けど、
敵の影　何處にかくれし、
小男《さを》鹿《しか》の　跳り立つのみ。
逆らへる岩なき海を
豐《ゆた》に打つ蒼高波《あをたかなみ》の
寄する如　軍《いくさ》は進む。

早　湖岸《うみぎし》を過ぎ行きて
岩間こごしきトロサック
峡《かひ》の平《たひら》につきにけり。
騎馬の兵士と槍兵は
しばし止まり、弓兵は
谷間怪しと、峠より

敵の姿を求《と》め行きぬ。

17

地獄に墮《を》ちし鬼共が
閻魔の旗下に叫ぶ如
忽ち起る雄叫びは
暗き谷間に轟きぬ。
　神風《かみかぜ》に吹き拂はれて
　籾殼《もみがら》の散り飛ぶ如く
　弓兵は追落されて
　逃げたれど　命危ふし——
　攻め追ひて　焦立《いらだ》つ叫び、
　迫り來る雄叫びの聲、
　格子縞　外套《マント》はゆらぎ
　陽に光る太刀の閃き、

ひた走る弓手を追ひて
揉《も》みに揉む物凄《すさま》じさ、
槍兵は槍を揃へて
一足も退《しりぞ》くまじと
人波の雪崩《なだれ》を待てり。
「槍を伏せ」マーは叫びぬ、
「突き戻せ、敵も味方も」——
荒風に靡ける蘆か、
槍襖隙間もあらず
忽ちに横に構へて
ひしひしと揃ひ立ちつつ
敵を待つ　槍の穂《ほ》並《なら》び——
「巻狩《まきがり》の勢子《せこ》の如くに
山國の兵兒《へこ》を鎮めよ、
鹿の如　速《はや》れる敵を

追落せ、獲物のごとく」――

18

討洩らされて逃げのびる
弓手の殘兵に追ひ縋り
白泡立てて打つ波の
寄するが如きアルパイン。
　ふりかざす太刀の閃き、
　眼もくらむ利劍の輝き、
　小楯をば下段に構へ、
　荒風の吹きしく如く
　逆捲ける海原のごと
　敵勢に襲ひかかりぬ。
颪に裂かれし秦皮《とねりこ》の
枝のごとくに槍は折れ、

鐵の槌をば　諸聲《もろ》に
打ちたる如き太刀の音、
されどもマリの騎馬隊は
アルパイン軍の横を突く。
――「いざ進め」マリは叫びぬ、
「敵勢は今亂れたり、
荒武者よ、戀人のため
槍執《と》りて　いざ突きかかれ」――
エニシダを潛《くぐ》る男鹿と、
亂軍を蹄《ひづめ》にかけて
馬は飛び、劒は冴えたり。
アルパインの猛者達さへも
忽ちに追放たれぬ。
ロデリック、殿《との》は何處ぞ、
今在りて角笛吹かば

氏族《うぢ》の兵兒《へこ》　奮ひ立たんに。
人波は恐怖の谷に
逆渦《さかうづ》を捲きつつ流れ、
アルパインの劒《つるぎ》も見えず、
サクソンの槍も消えたり。
ブラックリン　谷底深く、
たぎち落つ流れを湛へ
湖《みづうみ》の洞穴暗く
渦波を呑みたる如し。

影さへ深き峠道
敵も味方も吸ひ盡し、
谷の平《たひら》に人もなく
斃《たふ》れし兵の轉《まろ》ぶのみ。

19

廻り流れて　雄叫びは
深き谷間の西にあり。
トロサック峠狭けれど
小島を抱くカトリン湖
湖岸に開く路ほとり
運命《さだめ》を賭《か》けて挑み合ふ。——
ペンヴェニュの山　吾越えて
來つつ見下ろすカトリン湖、
　陽は沈み　夕雲閉ぢて
　空の色　おどろに暗く
　漆《うるし》なす波の漂《ただよ》ひ、
　湖は鈍《にぶ》き土色。
谷間吹く風　物凄く
湖《みづ》を渡りて　また止みぬ。
大浪小浪騒げども

我が見る谷は　トロサック、
我が聞く音は　矢叫びぞ、
地鳴りの如く地を揺りて
命を賭《か》けし武夫《もののふ》が
斬りつ斃れつ　鬨聲《ときのこゑ》、
命絶えゆく人魂《だま》の
挽歌のごとく響きたり。

　雄叫びは　早程近し、
木の茂る谷間を抜けて
敵味方　別れて立ちぬ。
山腹に並び散敷き
太《ふと》聲にどよめき立つは
縞衣《しまごろも》　雄々し北兵。
汀には集ひ折敷く
サクソンの槍の群り。

一日の戰を語る
千切れ旗　風に流れて
破《や》れし帆の靡くが如く、
槍は折れ、隊伍は亂れ、
傷つきて疲れたれども、
睨み合ふ負嵎の兩虎。

20

山の尾根をば横に見て
サクソン軍は術も無し。
されどもマリは槍を擧げ、
　叫びたり――「島を見よ――
見よや、島守《も》る兵もなし、
手をふり絞る女人のみ、
あの島こそは　その昔

　山賊の寶島、
誰《た》ぞある、射距《やごろ》を泳ぎ抜け
島の渚の舟を纜《と》け、
金銀恩賞　賜はらむ。
妻子のひそむ巣を奪《と》らば
餓狼の敵も降るべし。」
槍兵一人　跳り出で
兜、胸甲《むねあて》　脱ぎ捨てて
　飛び入りぬ　波の中――
野望の程を知りたれば
敵も味方もどよめきて
　木靈《こだま》するベンヴェニュ。
はげまし囃《はや》すサクソン軍、
恐れて叫ぶ女達、
怒つて唸るアルパイン。

時しもあれや　人聲に
震ひ裂けしか　黒雲の
車軸を流す雨脚を
つむじ捲き風　吹き荒れて
カトリン湖上　波高し。
雨や霰にまじりつつ
アルパイン軍の恨みの矢
隙間もあらず射かけれど、
白泡砕く波がくれ
敵の狙ひを逃れつつ
早も渚に泳ぎつき
舟の纜《もやひ》に手をかけぬ、
——忽ち光る稲妻に
波打際は燃ゆるごと——
見ずや、柏の幹がくれ

小《ちい》さ刀《がたな》を握りしめ
ダンクラガンの寡婦《やもめ》あり――
天地再び暗けれど
波の唸りのそのひまに
血《ち》死期《しご》の呻《うめ》き　聞えずや――
又閃ける稲妻に
見よや、岸邊に漂へる
屍《かばね》はあはれ槍兵ぞ、
女丈夫の手は血に染みぬ。

21

「仇を」と叫ぶサクソン軍、
どよめき勇むアルパイン、
嵐雨脚　ものとせず
劒かざして馳せ向ふ。

あはやと思ひし其の時に
拍車鳴らして武者一騎
馳けつけ來り　岩角に
白旗一流　かざしたり、
休戰喇叭　鳴りしきり
谷間谷間に木靈《こだま》しぬ。
「無用の戰《いくさ》　速《と》くやめよ、
ボズウェル卿は捕はれき、
ロデリックさへ擒《とりこ》ぞ」と
勅命受けし使者の聲――

――歌聲ははたと止んだ。竪琴は樂人の手から滑り落ちた――歌を聞くロデリックの堪へ難い胸の程を探らうとして、老樂師は何度も彼の方を盗見してゐたのであつた。最初の間はロデリックも手を擧げて力無げに調子をとつたりしてゐたが、それもほんのしばらくの間だけで――ただ歌調の移るがままに、激情に驅られて顏色を輝かしたり暗くするばかりであつた。たうとう歌聲も耳に響かなくなつて仕舞つたのか、顏は尖つて來た――胸をかき亂す懊惱に堪へ切れないかのやうに、拳を固く握りしめ、歯を喰縛つた。褪せてゆく眼光はあてもなく据つてゐる。黒鬼ロデリックの最後は凝然として呻吟の聲さへ洩れなかつたのである――アラン・ペイン老人は仰天して、靜に去り行く魂の恐ろしさを見詰めるばかりであつたが、もう息絶《こときれ》たと見て、涙ながらに哀悼の歌を捧げたのである。

22

哀悼歌

いぶせき床に　冷めたきは我が君、
敵の恐れ、味方の助け、
ブレダルベインの誇とて、アルパインの頼みし木蔭、
その君に　鎮魂曲《レクイエム》を捧ぐるもの無きや、
琴の音を愛せし君のために我は歌はん。
ボズウェル一家の支へとなりて
流謫の氏族《うち》を護りたまひし
その君のため、アルパインの松の木のため

哀悼の歌を我は歌はん、噫　此處は獄舎《ひとや》なるとも。

山の谷間は嘆きに滿ちむ、
悲しみの聲は山を搖りなむ、
悲憤の淚は湧き流れなむ、
殿と仰ぎしその君は此處に斃れて
常命の齢《よはひ》を知らず、
劒太刀執り佩かむ手も今は亡《な》し、
その君に命捧げし氏族《うち》の者ども、
君逝くと聞き知らば　嘆き泣きなむ。
噫　アルパインの松の木は哀れならずや。

人の世の運命《さだめ》は我が君に酷《つら》かりき、
捕はれの鶫《つぐみ》は籠を忍べど
幽囚の荒鷲は怒りて死ぬめり。

勇ましき御《み》魂《たま》よ、わが拙き歌を許したまへ、
時ありて、またこの歌を奏でいづれば
仇戀のエレンの姫も
和聲《やはごゑ》に歌ひいでつつ
諸共に嘆き泣きつつ
アルパインの松の大木《おほき》を悼《いた》むとすらむ。

23

エレンは憂愁に沈みながら、只一人しよんぼりと豪華な御局の中に待つてゐた。色彩硝子《ステインドガラス》越しに射しこむ朝日は、部屋中に五彩の光を投げ、金碧の天井や壁掛を照らしてゐたけれども、彼女の目には少しも這入らなかつた。宮女が次々に現はれて珍味を卓上に列べたけれども、彼女は箸をつけようともしなかつた。佳肴にも美室にも好奇の一瞥をさへ與へなかつたのである。たとひその眼に映つても、エレンは島の住居《すまひ》を思ひ出すばかりであつたらう。あの離れ島で迎へた朝々の希望に滿ちた心持がなつかしいのだ。あそこの住居には天蓋《キアノピイ》の代りに褐色の鹿皮を高く懸けならべてあつた。自分の心盡しの手料理を父と一緒に食べてゐると、愛犬ルーフラが自分の傍にか

しこまつて、誰にも席を讓らうとしなかつた。お父樣は森の狩獵談に夢中になつてお話しになる、すると聞手のマルコム・グレイム樣がちよいちよい頓珍漢な返事をなさる——私の方に氣をとられてゐらつしやつたに違ひない——簡素な生活の幸福が胸にしみついた人は、その幸福を失つた時に、一層懷しく尊く感じることを知つてゐるのだ。だが、見よ、突然エレンは顏をもたげ、忍び足で窓際へ行くではないか。悲愁に閉された今といふのに、微かに聞える歌聲が彼女の心を捕へたとは、どうしたことなのだらう。エレンの居る格子窓の上に張出した小塔から、しづかな歌聲が洩れてくる。

24

幽囚《とらはれ》の狩人《かりうど》の唄

わが鷹は棲木《とまりぎ》に飽き
わが犬は餌を悦ばず
わが馬は厩《うまや》に倦《う》みて
あゝ我は獄舍《ひとや》に喞《かこ》つ。
あゝ　返せ　今を昔に、

弓を執り　犬を召連れ
森蔭に牡鹿を追ひし
昔こそ　わが命なり。
古寺の惚《ほゝ》けし鐘の
時を撞《つ》く鈍《にぶ》鳴り憂しや、
城壁に寸を刻みて
移りゆく日脚も憂しや。
鳴く雲雀　朝《あした》に祈り
黒鴉《くろがらす》　夕祈《ゆふのり》せしを、
九重の宮居《みやゐ》にあれば
わが心　ここに悲しむ。
目醒むれど　朝の日《ひ》射《ざし》と
輝きし　エレンはあらず、
木々の間に小鹿を追ひて
夕露を踏みて歸れば

互《かたみ》にぞ迎へよろこび、
手柄よと　獲物誇りつ
夜語りの　樂しかりしを――
消え果てぬ、戀も昔も。

25

しほれかへつた歌聲が終るか終らないうちに、そちらの方に向いたまま、聞澄してゐたエレンの頰の涙痕の未だ乾かないうちに、輕い足音に氣が付くと、あの立派なスノーダンの騎士がつかつかと近づいて來るのであつた。四人がまた歌を續けてはいけないと考へて、エレンは狼狽《あはて》てふりむいた。「フイッツ＝ジエイムズ様でしたか、ほんにようこそ。今にもほんたうの孤兒になりかけてゐる私のことですから、御返禮の致しやうもございませぬが――」「そんなことを仰言つては困ります。別に御禮を受ける理《わけ》もないではありませんか。あなたの御父上に助命の恩赦を授けることは、殘念ながら私の役柄ではありません。お孃さん、私は只御取次を務めて、蘇格蘭《スコットランド》王へ歎願の筋をおとりなし致すばかりです。王は決して暴君ではありませんが、短氣で意地張りの癖がおありになるので、優しい御氣性をちよいちよいお忘れになる仕末です。さあ、エレン様、參りませう。もう定刻を過ぎました、王は早朝から表御所に御出ましですから。」動悸は劇しく打ち、胸は裂けるやうだ。エレンは兄の手に縋るやうに騎士に扶けられて進んで行く。騎士はエレンの涙を優しく拭いてやり、耳許に口をつけて「落膽しないで元氣を出して」と囁いた。よろめきがちの彼女を抱くやうに支へながら、豪華な殿堂や見上げるやうな拱廊をいくつも通り拔けて、とある弓形門に騎士の手が輕く觸《さは》ると、莊麗な扉がさつと左右に開かれた。

26

大廣間の中には貴顯の方《かた》々が居流れて、見る目もまぶしい光景であつた。落日の光を浴びた夏の夕燒雲が、綾なす五彩の美くしさに塗られて、或は貴女の幻とも見え、或は武士の姿かと怪しまれるやうに、エレンは餘りの輝やかしさに目が眩んでしまつた。フイッツ・ジエイムズに寄添つたまま、二三歩おづおづと進み出ながら、項垂れてゐた顏を靜に擧げた。畏る畏る御對面所を見廻して、この堂々たる威儀の主《あるじ》、生殺與奪の大權を執りたまふ恐ろしい國王の姿を見付けようとしたのである――一城一國の主としても恥しくないやうな風采の人、立派な服を着飾つた人、あれこれと見詰め見廻したが、どの人も皆脫帽してゐるので、エレンは困じ果ててふりかへつた――廣間の中で、フイッツ＝ジエイムズ一人だけが羽根を飾つた帽子を被つてゐたではないか。

貴女の瞳も廷臣の眼もことごとく此の騎士に注がれてゐたではないか。毛皮と絹と燦爛たる寶玉に取圍まれて、彼は簡素なリンカン染の綠の獵服を身に纒ひながら、しかも輝ける一座の中心となつてゐた。スノーダンの騎士こそ、まぎれもない蘇格蘭《スコットランド》の國王であつたのだ。

27

山腹の岩に支へられてゐた積雪がくづれ落ちるやうに、あはれなエレンは寄りかかつてゐた王の足下に平伏した。喉が詰つて言葉は出なかつた。只指輪をささげて合掌したのである。寛厚の王者は、哀訴する憐れな姿を片時も見てゐるのに堪へなかつた。やさしくエレンを扶け起しながら、微笑する一座の人々を眼で制し、しとやかながら嚴そかな接吻を彼女の額に與へた。「そんなに畏れ入らなくてもよろしい。哀れな流浪の騎士フイッツ＝ジエイムズは、蘇格蘭《スコットランド》一國に君臨してゐるのだ。お前の悲嘆と懇願とを、この騎士に訴へるがよい。予は何か御禮をして御璽を彫つた指輪を受戻さなければならぬ。しかしダグラスの一身については何も賴むには及ばぬぞ――昨夜二人とも御互ひに宿怨を赦し合つたのだ。讒言のためにダグラスも酷い扱ひを受けたものだが、予もダグラス一族の叛亂では酷い目に會はされたのだからな。平民共ががやがや騒ぎおつても、その意に從ふ予ではないが、ダグラスの申開きを篤と聽き糺し、側近の重臣にも諜り、國法に照らした上で恩赦の命を下した次第だ。大將ド・ヴォ及び老臣グレンカーン兩名とダグラスとの激しい反目も、予が仲裁してやつた。今後はボズウェル城主ダグラスを王室の友とも護りとも思ひますぞ。さてさて、かう言ひきかせても、この美くしい娘は信じて呉れないと見える、不審相に眉《まゆ》をひそめて居るな。ジエイムズ・ダグラス卿、助けて呉れ、疑ぐり深い娘に證據を見せてやつてくれ。」

28

ダグラス卿は飛んで出た。エレンは父の頸に縋りついた。神の如き聲を以て「悲しめる淸き者よ、いざ立ちて幸を受けよ」と命じ得るのは『權力』あればこそである。王は父子再會の嬉しさを目のあたり眺めながら、『權力』といふ玉盃の甘さ尊さを存分に飲み乾されたのであつた。しかし一同の眼前に、この美くしい人情の發露を何時までも曝しておきたくなかつたので、父子の間に割つて這入り――「もう止せ、ダグラス、改心したばかりの娘を予の手から奪ひとつてはならん。何故このやうな目出度い結末になつたか、その謎を解いてきかせるのは予の役目ではないか――エレンよ、予が微賤ながら幸福な一騎士に身をやつして漂浪した時に、スノーダンの騎士フイッツ＝ジエイムズと名告つたのは、王としての身分を隱したいからでもあつたが、と申して決して僞名ではない。スターリング城はその昔スノーダンと呼ばれ、ノルマン人は予を指してジェイムズ・フイッツ＝ジェイムズと呼んでゐる。微行の念願は、ひとへに國法非違を調べ、又、無辜の罪に泣く者を救ふためであつた。」――王は脇を向いて小言で云つた、「あゝ、この可愛い裏切者よ。お前の黑い瞳の妖氣に誘はれて、夢のやうな色戀沙汰に浮かれた揚句、持前の虛榮心――お蔭でひどい目に會つたが――も手傳つて、つひうかうかと危ない時にベンヴェニュの山路に迷ひこみ、予の命も危ふく山刀の露と消えるところであつた。このことを他人に洩らすでないぞ」――王は聲を張上げて――「エレンはまだ小さい黃金の護符を離さないな。それはフイッツ＝ジェイムズの指輪であり、予の信義の質物でもあるが――可愛いエレンはまだ何か願ひ事があると見える。」

29

自分の胸の祕事《ひめごと》を御探りなされるのかと感付いたエレンは、王がかう仰言る以上にはグレイムの命はもう大丈夫だと思はれた。しかし彼女の心は優しかつた、わが父の爲に反逆の劍を拔き放つたロデリックに對しては、王の御怒が激しく燃えてゐることと考へて、彼の恩赦を懇願したのである。「その願だけは許してくれ――消えて行く命の緒を繫ぐことは神樣でなくては出來ないのだから。ロデリックの氣性も腕も予は充分心得てゐる。御馳走にも與つたし、刀を拔き合したこともある。——アルパイン族の頭目ロデリックが蘇生《いきかへ》るものなら、一番よい伯爵領をやりたいと思つてゐる位だ。——その外には願ひの筋はないのか、捕虜になつたものの中で助けたいと思ふものは一人もないのか。」恥しい願事を、自分に代つてお頼み下さいと言はぬばかりに、エレンは双頰を染めながら、ふりかへつて父親ダグラスに指輪を渡した。「手から離したからには、予の誓の指輪の呪符《まじなひ》も消えてしもうたぞ。では嚴重な法規に照らして斷罪しなければならん——マルコム、ここへ來い」——聲に應じてグレイム卿は王の足下に跪坐《ひざまつ》いた——「輕率な若者よ、誰れも命乞ひをして吳れないお前に對しては、相當の罪科を申付けねばならん。育て上げてやつた予の慈愛に報ゆるに反逆の奸計を以てし、王室に忠節を誓ふお前の一族の間を探し廻つて、追放人の隱家を見付けようとしたではないか。忠誠の譽れ高き家名を汚して仕舞つたな。——グレイム卿を召捕つて獄吏に引渡せよ」——王は御自分の黃金の頸飾を外してマルコムの首にかけ、燦爛たる黃金の鎖をしづかに引きながら、エレンの手にその釦金《とめがね》を握らせたのである。

跋　詩

いざさらば　蘇國の琴よ。丘の邊《へ》は早も夕暗、

茜《あかね》さす峰の上にも　深き影落ちかかりたり。
黄昏の叢がくれに　ひらめくは螢の灯《ともし》、
見えかくれ　林に忍ぶ　小男鹿《さを》は臥床《ねや》に籠りぬ。
竪琴よ　楡《にれ》の梢に　また懸り　音を注げよ、
噴水《ふきみづ》に、さやぐ小風に、魅《まどは》しの音を注げよ、
萬象《もの》みなの夕べの祈りに　妙《たへ》に澄む音を注げよ、
草茂る牧場の彼方　程遠き木靈《こだま》に注げ、
巣に歸る蜂の羽音に、牧人の暮笛に　注げ。

訣別《わかれ》とぞ重ねて云はむ、伶人のわが竪琴よ、
許せとぞ重ねて乞はむ、彈く指の　わが拙《つたな》さを。
この歌の到らぬ節を　ことさらに咎むる人の
言の葉は銳けれども、何かまた思ひ惑はむ。
世の人の絕えて知らざる　悲しみを胸に潛めて、
憂き夜は明け放れつつ　憂き朝と　日は續けども、

孤獨《ひとり》して嚙みし憂ひは　いや更に苦しといへど、
　汝《な》が歌の調べにたより　長々し命を越えて
永らへてかくこそあるは　汝が音の妖《あや》しの德か。

あゝ聞けよ、わが去りがてぬ　足鈍く離《さか》りてゆけば
　何やらむ、御空の精か、降りきて緒琴を鳴らす。
今鳴るは熱火の調べ、彈きなぐる最高天使《セラフィム》の君、
　今鳴るは妖精《すだま》のすさび、踊り舞ふ翅《はね》の戯れ。
聞くうちに音《ね》は細りつつ、荒岩を削れる谷に
　消えて行く歌の流れは　間遠《まどほ》になりまさりたる。
山おろし　風は吹けども　琴の音の　遠き空音《そらね》の
　魅《まどは》しの一節《ひとふし》すらも　消《け》ぬがにも響を寄せず
いまははた聞えずなりぬ。——いざさらば、妖《あや》しの緒琴。

註

九頁　「いささか世に聞えたるスコットランドの聖者なり。Perthshire 地方にはこの聖僧の名にあやかりし靈泉すくなからず。」……スコット

同　蘇格蘭

十　蘇格蘭の古名、殊に山嶽地帶を指す。またの名はカレドニア。

同　兜の前立。家門によつて飾りの羽根を異にする。

一一　羅馬時代は軍用犬であつた。大型、執拗强力、殘忍無比、血を見ずしてはおさまらずと稱せられる。元來、英國人は畜犬に關する高度の常識を備へてゐるが、作者スコットは殊に愛犬家であつた。以下文中散見する犬の記述は、犬好きにして始めて感知し得る機微を捕へてゐる。

一三　チース河流域地帶。

一四　荒地の灌木たるヒースのこと。

同　カランダア附近　作者幼少の砌、屢々この館に遊んだと謂ふ。

同　野猪の橋といふ意。

一六　ジェイムズ五世がフランス王室を訪問されたのは一五三六年。

一七　バベルの塔。創世紀十一章參照。

二一　『高地』に住む種族は『低地』人を掠奪するのみならず、各種族間の闘爭激甚を極めた。

二二　この詩句によつて、爾來「白銀の渚」と命名されるに至つた。

同　「駒を進めて行けば大湖あり、水清くして蕩々たり　白銀の錦繡を纏ひたる腕一つ、湖心に立ちて利劒を捧ぐ……又見る、一女の湖上を渉るを。かの女人は何者なりやとアーサー王問うて云へば、マーリン答へて、さん候、湖の麗人にて候、…(中略)…アーサー王よ、かの寶劒は妾のものにて侍り、君もし時に臨んで妾の願ひを聽給ひなば、君にかの名劒を獻じ奉るべし、とぞ女申しける」…マロリ作「アーサー王登遐記」一卷二十三章。

同　水の精。

同　水の精。

同　姉妹三體の女神、美を司る。

二三　蘇格蘭少女の處女性を示すに用ひらる。

同　所謂スコッチ織で作るのが普通である。蘇格蘭山國住民は男女を問はずこれを着用した。格子縞の色は極めて派手なもので、各種族によつてそれぞれ定まつた格子模様を用ひた。

二七　『高地』人はこの種の豫感や豫言を信じてゐた。

同　リンカン町で染織する綠色獵服、當時好評ありしもの。

二八　當時ケルト族の族長は生命の危險を感じて、領内の人目に遠い場所を選び、眞逆の場合の避難所を用意してゐた。

三一　古傳の巨人　フエラガスは身の丈四十尺、力は二十人に敵すと稱せられた。アスカバアトは巨人中での侏儒で、「僅か三十尺に足らず、餘りに矮少なる故を以て巨人町より放逐せらる」とある。

三一　ジェイムズ四世は一五一三年英蘭軍と Flodden の野に戰ひて陣沒せらる。貴族騎士等多くこれに殉じ、爲に蘇格蘭は赤土の如しと謳はれた。

三八　ジェイムズ四世戰死の時、皇儲ジェイムズ五世は御年僅に貳歳。母后チューダー氏マアガレットが豪族ダグラスの宗家エンガス伯と再婚するに及び、伯は覇權を掌握して幼帝を幽閉した　ジェイムズ五世十六才の時、遂に脱してスターリング城に據り、天下の義兵を集めてダグラス一家を追捕し、その罪を三族に及ぼしたと謂ふ。

同　幼帝傅育官たりしジェイムズ・ダグラス——實の名は Douglas of Kilspindie—— さへも、亂臣の一族たるの故を以て、王の逆鱗を免れることが出來なかつた。

四四　獵犬の一種、小型にして可憐。

四五　蘇格蘭産の鹿狩用獵犬、莊麗俊敏。

四六　アルパイン藩に隣接する一帶の地は、名門グレイム家の封土であつた。

四七　七世紀頃の蘇格蘭僧侶。

同　ダグラス一門の本城。

四八　Tweed 河は英蘭との國境にある。

四九　「ダグラス家の紋章なり。天下に之を知らざるものなし。」……スコット。

五〇　往昔ケルト族を壓迫して、英蘭、蘇格蘭を領有した。

同　Macgregor 族の別名、ケルトの遺族、山嶽地帶に蟠居してサクソン王權に反抗す。

同　その顏色黑きが故にかく謂ふ。

五一　エヂンバラに在り。

同　手負の鹿は一群に捨てられるといふ。

同　近親結婚は宗門の御法度。

五三　ロモンド湖東岸に在り。

五四　ダグラス家三代目の伯爵アーチボルド、剛勇であつたが、「武運拙く、事悉く志と違ひて毎戰多く士卒を失ひ、爲にタインマン（兵卒殺し）なる異名を得たり」…スコット

同　伯爵ヘンリ・パアシイの嫡男、一四〇二年の一戰にタインマンを生擒した。次年には兩者合體し、英王ヘンリ八世に抗して大敗。

五五　五月朔日の前後、山上に篝火を焚き、歌舞して神を祭る。ケルト民族の習慣。

五九　以下次節に渉る地名は、すべてアルパイン族掠奪の故地。

同　この一節はカヒユウン族撃滅の激戰を敍す。

六〇　カヒユウン族戰沒勇士の寡婦達六十人、亡夫の血染の肌着を捧げ、白馬に乘つて王城にいたり、アルパイン族の殘虐を愁訴したと謂ふ。

六三　パアシイ伯家は元來ノルマンヂイより渡來せるもの、故にノーマン軍旗の名を生じた。ニュー・カアスルの戰役に於てダグラス家の分捕する所となつた。

同　バツクルー伯の叛亂をダグラス一族のものが追討に及んだ。

同　バツクルー伯の紋章は、弦月二つ六稜の星を挾む。

六三 クライド河を隔ててボズウェル城と相對す。

六五 松鷄の羽毛は冬季白變す。

六七 一五二九年、ジェイムズ王は一萬の兵を從へ、遊獵に藉口して國境地帶エトリックの森に入り、掠奪渡世の頭目達を數多捕殺した。

六八 ピアズ・コックバーンなる一頭目は文字通りの處刑に遭ふ。

同 以下の地名は、南方英蘭との國境地帶。

同 「汝の弟の血の聲、地より我に叫べり」……創世紀四章十節。

七六 巻ノ三を讀んで知られたし。

八二 この木は魔力ありとせられてゐた。

同 古代ケルト族の占星的僧侶　好んで人身御供を行ふ。

八三 蘇格蘭少女の處女性を示すこと前註のごとし。

八四 「一名河の馬とも云ふ……惡靈なり、災難を豫告し又はこれを見物して悦ぶといふ。」……スコット。

同 「丈高く、肉落ちたる女人の姿」……スコット。

同 ベン・シイが老婆の姿を現はして哀哭する時は、近いうちに家長が必ず死ぬと謂はれた。「碧羅の裾を曳き、垂髪風に靡く。」……スコット。

同 「戰沒せし祖先の亡魂、騎乘して砂礫の堤上を疾走し、鈴を鳴らして館を廻ること三度なれば、即一家の凶禍を豫告するものとす。」……スコット。

一〇二　「蘇格蘭沼澤地方に於ては、冬季ヒースの荒原に火を放つて之を燒く……火山の如き壯觀を呈す。」……スコット。

一〇六　シユーベルト作るところのめでたき曲は、兒童走卒も之を知る。

一一八　アーン湖畔を領有す。

一二三　「この神仙譚は古稀を極むるデンマーク古諺による。」……スコット。

一二五　侏儒の妖精が、野山を荒す戀人達に仇をしようとする。

一二六　小鬼は綠色の衣服を好み、もし人間が綠色の衣服を着て彼等の領域に侵入すると、大いに怒つて種々なる惡戲をしたといふ。

同　古傳にある一武士の名、死後小鬼の國につれて行かれたとある。

一二九　アーガンが小鬼の國を物語る。

一三一　フオース河口にある。往時帝都のあつた所、其處の寺院は王家の菩提所であつた。

一三四　ジエイムズ五世は相當の漁色家であつた　佳人を求めて山野を遊行すること屢々であつたと。

一四二　ジエイムズを牡鹿に、自分を手負の牝鹿に、アルパイン族を獵師になぞらへて危險を知らせる。

一五四　現今は競犬用もしくは愛玩用として飼育せられる。元來はその快速を利して野獸を追はしめたのである。

一六四　狂女ブランシユの髮束を見て、戀人の髮を飾つたものと誤解したのである。

一六五　前註の如く、ジエイムズ王はフランスに遊ばれたことがある。

一七一　一四五二年、ダグラス家八代の伯爵ウイリアム、宮中に誘殺さる。

同　スペインを占據せしアラビア人より傳來したと。

一七二 ジェイムズ王は諸侯の權勢を抑壓し、庶民の人心を收攬した。

一七三 古傳に名高きシャーウッドの俠盜、ここでは其の假裝。

同 以下はロビンフッドの一味、マリアンは情人。

一七五 王城内の諸名所。

一八八 英蘭に在り。

一八九 倨傲、貪婪、邪淫、忿怒、貪食、嫉妬、懶惰。

一九三 館の在所を以てマリ伯一門たることを示す。

湖の麗人　スコット作

1936年9月5日　第1刷発行
2019年2月7日　第20刷発行

訳　者　入江直祐《いりえなおすけ》

発行者　岡本　厚

発行所　株式会社　岩波書店
〒101-8002 東京都千代田区一ツ橋2-5-5

案内 03-5210-4000　営業部 03-5210-4111
文庫編集部 03-5210-4051
http://www.iwanami.co.jp/

印刷・精興社　製本・牧製本

ISBN 4-00-322196-6　Printed in Japan

読書子に寄す

—岩波文庫発刊に際して—

岩波茂雄

真理は万人によって求められることを自ら欲し、芸術は万人によって愛されることを自ら望む。かつては民を愚昧ならしめるために学芸が最も狭き堂宇に閉鎖されたことがあった。今や知識と美とを特権階級の独占より奪い返すことはつねに進取的なる民衆の切実なる要求である。岩波文庫はこの要求に応じそれに励まされて生まれた。それは生命ある不朽の書を少数者の書斎と研究室とより解放して街頭にくまなく立たしめ民衆に伍せしめるであろう。近時大量生産予約出版の流行を見る。その広告宣伝の狂態はしばらくおくも、後代にのこすと誇称する全集がその編集に万全の用意をなしたるか。千古の典籍の翻訳企図に敬虔の態度を欠かざりしか。さらに分売を許さず読者を繋縛して数十冊を強うるがごとき、はたしてその揚言する学芸解放のゆえんなりや。吾人は天下の名士の声に和してこれを推挙するに躊躇するものである。このときにあたって、岩波書店は自己の責務のいよいよ重大なるを思い、従来の方針の徹底を期するため、すでに十数年以前より志して来た計画を慎重審議この際断然実行することにした。吾人は範をかのレクラム文庫にとり、古今東西にわたって文芸・哲学・社会科学・自然科学等種類のいかんを問わず、いやしくも万人の必読すべき真に古典的価値ある書をきわめて簡易なる形式において逐次刊行し、あらゆる人間に須要なる生活向上の資料、生活批判の原理を提供せんと欲する。この文庫は予約出版の方法を排したるがゆえに、読者は自己の欲する時に自己の欲する書物を各個に自由に選択することができる。携帯に便にして価格の低きを最主とするがゆえに、外観を顧みざるも内容に至っては厳選最も力を尽くし、従来の岩波出版物の特色をますます発揮せしめようとする。この計画たるや世間の一時の投機的なるものと異なり、永遠の事業として吾人は微力を傾倒し、あらゆる犠牲を忍んで今後永久に継続発展せしめ、もって文庫の使命を遺憾なく果たさしめることを期する。芸術を愛し知識を求むる士の自ら進んでこの挙に参加し、希望と忠言とを寄せられることは吾人の熱望するところである。その性質上経済的には最も困難多きこの事業にあえて当たらんとする吾人の志を諒として、その達成のため世の読書子とのうるわしき共同を期待する。

昭和二年七月

《イギリス文学》〔赤〕

ユートピア　トマス・モア　平井正穂訳
完訳カンタベリー物語　全三冊　チョーサー　桝井迪夫訳
ヴェニスの商人　シェイクスピア　中野好夫訳
ジュリアス・シーザー　シェイクスピア　中野好夫訳
十二夜　シェイクスピア　小津次郎訳
ハムレット　シェイクスピア　野島秀勝訳
オセロウ　シェイクスピア　菅泰男訳
リア王　シェイクスピア　野島秀勝訳
マクベス　シェイクスピア　木下順二訳
ソネット集　シェイクスピア　高松雄一訳
ロミオとジューリエット　シェイクスピア　平井正穂訳
対訳シェイクスピア詩集　―イギリス詩人選(1)　柴田稔彦編
失楽園　全二冊　ミルトン　平井正穂訳
ロビンソン・クルーソー　全二冊　デフォー　平井正穂訳
ガリヴァー旅行記　スウィフト　平井正穂訳
ジョウゼフ・アンドルーズ　全二冊　フィールディング　朱牟田夏雄訳

ウェイクフィールドの牧師　―むだばなし　ゴールドスミス　小野寺健訳
幸福の探求　―アビシニアの王子ラセラスの物語　サミュエル・ジョンソン　朱牟田夏雄訳
対訳バイロン詩集　―イギリス詩人選(8)　笠原順路編
対訳ブレイク詩集　―イギリス詩人選(4)　松島正一編
ブレイク詩集　寿岳文章訳
ワーズワース詩集　田部重治選訳
対訳ワーズワス詩集　―イギリス詩人選(3)　山内久明編
キプリング短篇集　橋本槙矩編訳
高慢と偏見　全二冊　ジェーン・オースティン　富田彬訳
説きふせられて　ジェーン・オースティン　富田彬訳
エマ　全二冊　ジェーン・オースティン　工藤政司訳
対訳テニスン詩集　―イギリス詩人選(5)　西前美巳編
虚栄の市　全四冊　サッカリー　中島賢二訳
床屋コックスの日記・馬丁粋語録　サッカレ　平井呈一訳
デイヴィッド・コパフィールド　全五冊　ディケンズ　石塚裕子訳
ディケンズ短篇集　小池滋　石塚裕子訳
炉辺のこほろぎ　ディケンズ　本多顕彰訳

ボズのスケッチ　短篇小説篇　全二冊　ディケンズ　藤岡啓介訳
アメリカ紀行　全二冊　ディケンズ　伊藤弘之・下笠徳次・隈元貞広訳
イタリアのおもかげ　ディケンズ　伊藤弘之・下笠徳次・隈元貞広訳
大いなる遺産　全二冊　ディケンズ　石塚裕子訳
荒涼館　全四冊　ディケンズ　佐々木徹訳
鎖を解かれたプロメテウス　シェリー　石川重俊訳
対訳シェリー詩集　―イギリス詩人選(9)　アルヴィ宮本なほ子編
ジェイン・エア　全二冊　シャーロット・ブロンテ　河島弘美訳
嵐が丘　全二冊　エミリー・ブロンテ　河島弘美訳
教養と無秩序　マシュー・アーノルド　多田英次訳
ハーディ　テス　全二冊　井上宗次　石田英二訳
緑の木蔭　和蘭派田園画　トマス・ハーディ　阿部知二訳
緑の館　―熱帯林のロマンス　ハドソン　柏倉俊三訳
宝島　スティーヴンスン　阿部知二訳
ジーキル博士とハイド氏　スティーヴンスン　海保眞夫訳
プリンス・オットー　スティーヴンスン　小川和夫訳
新アラビヤ夜話　スティーヴンスン　佐藤緑葉訳

南海千一夜物語	スティーヴンスン 中村徳三郎訳
若い人々のために 他十一篇	スティーヴンスン 岩田良吉訳
マーカイム・壜の小鬼 他五篇	スティーヴンソン 高松雄一・高松禎子訳
怪談 ―不思議なことの物語と研究	ラフカディオ・ハーン 平井呈一訳
サロメ	ワイルド 福田恆存訳
人と超人	バーナド・ショー 市川又彦訳
ヘンリ・ライクロフトの私記	ギッシング 平井正穂訳
闇の奥	コンラッド 中野好夫訳
コンラッド短篇集	中島賢二編訳
対訳 イエイツ詩集	高松雄一編
月と六ペンス	モーム 行方昭夫訳
読書案内 ―世界文学	W・S・モーム 西川正身訳
人間の絆 全三冊	モーム 行方昭夫訳
夫が多すぎて	モーム 海保眞夫訳
サミング・アップ	モーム 行方昭夫訳
モーム短篇選 全二冊	行方昭夫編訳
お菓子とビール	モーム 行方昭夫訳

荒地	T・S・エリオット 岩崎宗治訳
悪口学校	シェリダン 菅泰男訳
オーウェル評論集	小野寺健編訳
パリ・ロンドン放浪記	ジョージ・オーウェル 小野寺健訳
動物農場 ―おとぎばなし	ジョージ・オーウェル 川端康雄訳
対訳 キーツ詩集 ―イギリス詩人選(10)	宮崎雄行編
キーツ詩集	中村健二訳
阿片常用者の告白	ド・クインシー 野島秀勝訳
20世紀イギリス短篇選 全二冊	小野寺健編訳
イギリス名詩選	平井正穂編
タイム・マシン 他九篇	H・G・ウエルズ 橋本槇矩訳
透明人間	H・G・ウエルズ 橋本槇矩訳
トーノ・バンゲイ 全二冊	ウェルズ 中西信太郎訳
回想のブライズヘッド 全二冊	イーヴリン・ウォー 小野寺健訳
愛されたもの	イーヴリン・ウォー 中村健二・出淵博訳
イギリス民話集	河野一郎編訳
白衣の女 全三冊	ウィルキー・コリンズ 中島賢二訳

夢の女・恐怖のベッド 他六篇	ウィルキー・コリンズ 中島賢二訳
対訳 英米童謡集	河野一郎編訳
完訳 ナンセンスの絵本	エドワード・リア 柳瀬尚紀訳
灯台へ	ヴァージニア・ウルフ 御輿哲也訳
船出 全二冊	ヴァージニア・ウルフ 川西進訳
夜の来訪者	プリーストリー 安藤貞雄訳
イングランド紀行 全二冊	プリーストリー 橋本槇矩訳
アーネスト・ダウスン作品集	南條竹則編訳
スコットランド紀行	エドウィン・ミュア 橋本槇矩訳
狐になった奥様	ガーネット 安藤貞雄訳
ヘリック詩鈔	森亮訳
たいした問題じゃないが ―イギリス・コラム傑作選	行方昭夫編訳
文学とは何か ―現代批評理論への招待 全二冊	テリー・イーグルトン 大橋洋一訳

《アメリカ文学》〔赤〕

ギリシア・ローマ神話 付インド・北欧神話　ブルフィンチ　野上弥生子訳
中世騎士物語　ブルフィンチ　野上弥生子訳
フランクリン自伝　松本慎一・西川正身訳
フランクリンの手紙　蕗沢忠枝編訳
スケッチ・ブック 全二冊　アーヴィング　齊藤昇訳
アルハンブラ物語 全二冊　アーヴィング　平沼孝之訳
ウォルター・スコット邸訪問記　アーヴィング　齊藤昇訳
ブレイスブリッジ邸　アーヴィング　齊藤昇訳
完訳 緋文字　ホーソーン　八木敏雄訳
哀詩 エヴァンジェリン　ロングフェロー　斎藤悦子訳
黒猫・モルグ街の殺人事件 他五篇　ポオ　中野好夫訳
対訳 ポー詩集 ―アメリカ詩人選(1)　加島祥造編
黄金虫・アッシャー家の崩壊 他九篇　ポオ　八木敏雄訳
ポオ評論集　八木敏雄編訳
森の生活 (ウォールデン) 全二冊　ソロー　飯田実訳
白鯨 全三冊　メルヴィル　八木敏雄訳

幽霊船 他一篇　ハーマン・メルヴィル　坂下昇訳
対訳 ホイットマン詩集 ―アメリカ詩人選(2)　木島始編
対訳 ディキンソン詩集 ―アメリカ詩人選(3)　亀井俊介編
不思議な少年　マーク・トウェイン　中野好夫訳
王子と乞食　マーク・トウェーン　村岡花子訳
人間とは何か　マーク・トウェイン　中野好夫訳
ハックルベリー・フィンの冒険 全二冊　マーク・トウェイン　西田実訳
いのちの半ばに　ビアス　西川正身訳
新編 悪魔の辞典　ビアス　西川正身編訳
ビアス短篇集　大津栄一郎編訳
ヘンリー・ジェイムズ短篇集　大津栄一郎編訳
大使たち 全二冊　ヘンリー・ジェイムズ　青木次生訳
あしながおじさん　ジーン・ウェブスター　遠藤寿子訳
赤い武功章 他三篇　クレイン　西田実訳
シカゴ詩集　サンドバーグ　安藤一郎訳
大地 全四冊　パール・バック　小野寺健訳
シスター・キャリー 全二冊　ドライサー　村山淳彦訳

熊 他三篇　フォークナー　加島祥造訳
響きと怒り 全二冊　フォークナー　平石貴樹・新納卓也訳
アブサロム、アブサロム! 全二冊　フォークナー　藤平育子訳
八月の光 全二冊　フォークナー　諏訪部浩一訳
楡の木陰の欲望　オニール　井上宗次訳
日はまた昇る　ヘミングウェイ　谷口陸男訳
ヘミングウェイ短篇集 全二冊　谷口陸男編訳
怒りのぶどう 全三冊　スタインベック　大橋健三郎訳
ブラック・ボーイ ―ある幼少期の記録 全二冊　リチャード・ライト　野崎孝訳
オー・ヘンリー傑作選　大津栄一郎訳
小公子　バアネット　若松賤子訳
アメリカ名詩選　亀井俊介・川本皓嗣編
20世紀アメリカ短篇選 全二冊　大津栄一郎編訳
孤独な娘　ナサニエル・ウエスト　丸谷才一訳
魔法の樽 他十二篇　マラマッド　阿部公彦訳
青白い炎　ナボコフ　富士川義之訳
風と共に去りぬ 全六冊　マーガレット・ミッチェル　荒このみ訳

《ドイツ文学》〔赤〕

ニーベルンゲンの歌 全二冊 相良守峯訳
若きウェルテルの悩み ゲーテ 竹山道雄訳
ヴィルヘルム・マイスターの修業時代 全三冊 ゲーテ 山崎章甫訳
イタリア紀行 全三冊 ゲーテ 相良守峯訳
ファウスト 全二冊 ゲーテ 相良守峯訳
ゲーテとの対話 全三冊 エッカーマン 山下肇訳
ヴィルヘルム・テル シラー 桜井政隆 桜井国隆訳
ヘルダーリン詩集 川村二郎訳
青い花 ノヴァーリス 青山隆夫訳
夜の讃歌・サイスの弟子たち 他一篇 ノヴァーリス 今泉文子訳
完訳 グリム童話集 全五冊 金田鬼一訳
ホフマン短篇集 池内紀編訳
水妖記（ウンディーネ） フーケー 柴田治三郎訳
O侯爵夫人 他六篇 クライスト 相良守峯訳
影をなくした男 シャミッソー 池内紀訳
ハイネ 歌の本 全二冊 井上正蔵訳

流刑の神々・精霊物語 ハイネ 小沢俊夫訳
冬物語 ―ドイツ ハイネ 井汲越次訳
ユーディット 他一篇 ヘッベル 吹田順助訳
芸術と革命 他四篇 ワーグナー 北村義男訳
ブリギッタ・森の泉 他一篇 シュティフター 宇多五郎 高安国世訳
みずうみ 他四篇 シュトルム 関泰祐訳
美しき誘い 他一篇 シュトルム 国松孝二訳
聖ユルゲンにて・後見人カルステン 他一篇 シュトルム 国松孝二訳
村のロメオとユリア ケラー 草間平作訳
沈鐘 ハウプトマン 阿部六郎訳
地霊・パンドラの箱 ルル二部作 F・ヴェデキント 岩淵達治訳
春のめざめ F・ヴェデキント 酒寄進一訳
夢小説・闇への逃走 他一篇 シュニッツラー 池内紀 武村知子訳
花・死人に口なし 他七篇 シュニッツラー 番匠谷英一 山本有三訳
リルケ詩集 高安国世訳
ドゥイノの悲歌 リルケ 手塚富雄訳
ブッデンブローク家の人びと 全三冊 トーマス・マン 望月市恵訳

トオマス・マン短篇集 実吉捷郎訳
魔の山 全二冊 トーマス・マン 関泰祐 望月市恵訳
トニオ・クレエゲル トオマス・マン 実吉捷郎訳
ヴェニスに死す トオマス・マン 実吉捷郎訳
車輪の下 ヘルマン・ヘッセ 実吉捷郎訳
漂泊の魂 クヌルプ ヘルマン・ヘッセ 相良守峯訳
デミアン ヘルマン・ヘッセ 実吉捷郎訳
シッダルタ ヘッセ 手塚富雄訳
ルーマニア日記 カロッサ 高橋健二訳
美しき惑いの年 カロッサ 手塚富雄訳
若き日の変転 カロッサ 斎藤栄治訳
幼年時代 カロッサ 斎藤栄治訳
指導と信従 カロッサ 国松孝二訳
マリー・アントワネット 全二冊 シュテファン・ツワイク 高橋禎二 秋山英夫訳
ジョゼフ・フーシェ ―ある政治的人間の肖像 シュテファン・ツワイク 高橋禎二 秋山英夫訳
変身・断食芸人 カフカ 山下肇 山下萬里訳
審判 カフカ 辻瑆訳

- カフカ短篇集　池内紀編訳
- カフカ寓話集　池内紀編訳
- 肝っ玉おっ母とその子どもたち　ブレヒト　岩淵達治訳
- 天と地との間　オットー・ルートヴィヒ　黒川武敏訳
- 憂愁夫人　ズーデルマン　相良守峯訳
- 短篇集 死神とのインタヴュー　ノサック　神品芳夫訳
- 悪童物語　ルウドキヒ・トオマ　実吉捷郎訳
- 大理石像・デュランデ城悲歌　アイヒェンドルフ　関泰祐訳
- 改訳 愉しき放浪児　アイヒェンドルフ　関泰祐訳
- ホフマンスタール詩集　川村二郎訳
- 陽気なヴッツ先生 他一篇　ジャン・パウル　岩田行一訳
- 蜜蜂マアヤ　ボンゼルス　実吉捷郎訳
- インド紀行 全二冊　ボンゼルス　実吉捷郎訳
- ドイツ名詩選　生野幸吉　檜山哲彦編
- 蝶の生活　シュナック　岡田朝雄訳
- 聖なる酔っぱらいの伝説 他四篇　ヨーゼフ・ロート　池内紀訳
- ラデツキー行進曲 全二冊　ヨーゼフ・ロート　平田達治訳

- ボードレール 他五篇 —ベンヤミンの仕事2　ヴァルター・ベンヤミン　野村修編訳
- 人生処方詩集　エーリヒ・ケストナー　小松太郎訳
- 三十歳　インゲボルク・バッハマン　松永美穂訳

《フランス文学》〔赤〕

- ラブレー第一之書 ガルガンチュワ物語　渡辺一夫訳
- ラブレー第二之書 パンタグリュエル物語　渡辺一夫訳
- ラブレー第三之書 パンタグリュエル物語　渡辺一夫訳
- ラブレー第四之書 パンタグリュエル物語　渡辺一夫訳
- ラブレー第五之書 パンタグリュエル物語　渡辺一夫訳
- トリスタン・イズー物語　ベディエ編　佐藤輝夫訳
- ピエール・パトラン先生　渡辺一夫訳
- 日月両世界旅行記　シラノ・ド・ベルジュラック　赤木昭三訳
- ロンサール詩集　ロンサール　井上究一郎訳
- エセー 全六冊　モンテーニュ　原二郎訳
- ラ・ロシュフコー箴言集　二宮フサ訳
- ドン・ジュアン —石像の宴　モリエール　鈴木力衛訳
- 完訳 ペロー童話集　新倉朗子訳

- カラクテール —当世風俗誌 全三冊　ラ・ブリュイエール　関根秀雄訳
- 偽りの告白　マリヴォー　鈴木力衛訳
- 贋の侍女・愛の勝利　マリヴォー　佐藤実枝　井村順一訳
- カンディード 他五篇　ヴォルテール　植田祐次訳
- 哲学書簡　ヴォルテール　林達夫訳
- 孤独な散歩者の夢想　ルソー　今野一雄訳
- フィガロの結婚　ボオマルシェエ　辰野隆訳
- 危険な関係 全二冊　ラクロ　伊吹武彦訳
- 美味礼讃 全二冊　ブリア-サヴァラン　関根秀雄　戸部松実訳
- 恋愛論 全二冊　スタンダール　杉本圭子訳
- 赤と黒 全二冊　スタンダール　桑原武夫　生島遼一訳
- パルムの僧院 全二冊　スタンダール　生島遼一訳
- ヴァニナ・ヴァニニ 他四篇　スタンダール　生島遼一訳
- 知られざる傑作 他五篇　バルザック　水野亮訳
- サラジーヌ 他三篇　バルザック　芳川泰久訳
- 艶笑滑稽譚 全三冊　バルザック　石井晴一訳
- レ・ミゼラブル 全四冊　ユーゴー　豊島与志雄訳

死刑囚最後の日　ユーゴー　豊島与志雄訳
ライン河幻想紀行　ユーゴー　榊原晃三編訳
ノートル＝ダム・ド・パリ　全二冊　ユーゴー　辻昶・松下和則訳
エルナニ　ユーゴー　稲垣直樹訳
モンテ・クリスト伯　全七冊　アレクサンドル・デュマ　山内義雄訳
三銃士　全二冊　デュマ　生島遼一訳
カルメン　メリメ　杉捷夫訳
メリメ怪奇小説選　杉捷夫編訳
愛の妖精（プチット・ファデット）　ジョルジュ・サンド　宮崎嶺雄訳
ボオドレール　悪の華　鈴木信太郎訳
ボヴァリー夫人　全二冊　フローベール　伊吹武彦訳
感情教育　全二冊　フローベール　生島遼一訳
紋切型辞典　フローベール　小倉孝誠訳
椿姫　デュマ・フィス　吉村正一郎訳
月曜物語　ドーデー　桜田佐訳
サフォ　パリ風俗　ドーデー　朝倉季雄訳
プチ・ショーズ　―ある少年の物語　ドーデー　原千代海訳

神々は渇く　アナトール・フランス　大塚幸男訳
ジェルミナール　全三冊　エミール・ゾラ　安士正夫訳
獣人　全二冊　エミール・ゾラ　川口篤訳
制作　全二冊　エミール・ゾラ　清水正和訳
水車小屋攻撃　他七篇　エミール・ゾラ　朝比奈弘治訳
氷島の漁夫　ピエール・ロチ　吉氷清訳
マラルメ詩集　渡辺守章訳
脂肪のかたまり　モーパッサン　高山鉄男訳
女の一生　モーパッサン　杉捷夫訳
ベラミ　全二冊　モーパッサン　杉捷夫訳
モーパッサン短篇選　高山鉄男編訳
地獄の季節　ランボオ　小林秀雄訳
にんじん　ルナアル　岸田国士訳
ぶどう畑のぶどう作り　ルナアル　岸田国士訳
博物誌　ルナール　辻昶訳
ジャン・クリストフ　全四冊　ロマン・ローラン　豊島与志雄訳
ベートーヴェンの生涯　ロマン・ロラン　片山敏彦訳

ミケランジェロの生涯　ロマン・ロラン　高田博厚訳
フランシス・ジャム詩集　手塚伸一訳
三人の乙女たち　フランシス・ジャム　手塚伸一訳
背徳者　アンドレ・ジイド　川口篤訳
続コンゴ紀行　―チャド湖より還る　アンドレ・ジイド　杉捷夫訳
レオナルド・ダ・ヴィンチの方法　ポール・ヴァレリー　山田九朗訳
ムッシュー・テスト　ポール・ヴァレリー　清水徹訳
精神の危機　他十五篇　ポール・ヴァレリー　恒川邦夫訳
若き日の手紙　フィリップ　外山楢夫訳
朝のコント　フィリップ　淀野隆三訳
海の沈黙・星への歩み　ヴェルコール　河野與一・加藤周一訳
恐るべき子供たち　コクトー　鈴木力衛訳
地底旅行　ジュール・ヴェルヌ　朝比奈弘治訳
八十日間世界一周　ジュール・ヴェルヌ　鈴木啓二訳
海底二万里　全二冊　ジュール・ヴェルヌ　朝比奈美知子訳
プロヴァンスの少女（ミレイユ）　ミストラル　杉冨士雄訳
結婚十五の歓び　新倉俊一訳

キャピテン・フラカス 全三冊　ゴーティエ　田辺貞之助訳
モーパン嬢 全二冊　テオフィル・ゴーチエ　井村実名子訳
死都ブリュージュ　ローデンバック　窪田般彌訳
対訳 ペレアスとメリザンド　メーテルランク　杉本秀太郎訳
生きている過去　レニエ　窪田般彌訳
シュルレアリスム宣言・溶ける魚　アンドレ・ブルトン　巖谷國士訳
ナジャ　アンドレ・ブルトン　巖谷國士訳
不遇なる一天才の手記　ヴォーヴナルグ　関根秀雄訳
ヂェルミニィ・ラセルトゥウ　ゴンクウル兄弟　大西克和訳
ゴンクールの日記 全二冊　斎藤一郎編訳
英国ルネサンス恋愛ソネット集　岩崎宗治編訳
文学とは何か —現代批評理論への招待 全二冊　テリー・イーグルトン　大橋洋一訳
D・G・ロセッティ作品集　南條竹則 松村伸一 編訳
フランス名詩選　安藤元雄 入沢康夫 渋沢孝輔 編
繻子の靴 全二冊　ポール・クローデル　渡辺守章訳
A・O・バルナブース全集 全二冊　ヴァレリー・ラルボー　岩崎力訳
自由への道 全六冊　サルトル　海老坂武 澤田直 訳

物質的恍惚　ル・クレジオ　豊崎光一訳
悪魔祓い　ル・クレジオ　高山鉄男訳
女中たち バルコン　ジャン・ジュネ　渡辺守章訳
楽しみと日々　プルースト　岩崎力訳
失われた時を求めて 全十四冊(既刊十一冊)　プルースト　吉川一義訳
丘　ジャン・ジオノ　山本省訳
子ども 全二冊　ジュール・ヴァレス　朝比奈弘治訳
シルトの岸辺　ジュリアン・グラック　安藤元雄訳
星の王子さま　サン=テグジュペリ　内藤濯訳
プレヴェール詩集　小笠原豊樹訳
キリストはエボリで止まった　カルロ・レーヴィ　竹山博英訳
クァジーモド全詩集　河島英昭訳
冗談　ミラン・クンデラ　西永良成訳
小説の技法　ミラン・クンデラ　西永良成訳
世界イディッシュ短篇選　西成彦編訳

《東洋文学》〔赤〕

杜甫詩選　黒川洋一編
李白詩選　松浦友久編訳
蘇東坡詩選　小川環樹・山本和義選訳
陶淵明全集　全二冊　松枝茂夫・和田武司訳注
唐詩選　全三冊　前野直彬注解
玉台新詠集　全三冊　鈴木虎雄訳解
完訳 三国志　全八冊　小川環樹・金田純一郎訳
金瓶梅　全十冊　小野忍・千田九一訳
完訳 水滸伝　全十冊　吉川幸次郎・清水茂訳
西遊記　全十冊　中野美代子訳
菜根譚　洪自誠　今井宇三郎訳注
浮生六記 —浮生夢のごとし—　沈復　松枝茂夫訳
阿Q正伝・狂人日記 他十二篇（吶喊）　魯迅　竹内好訳
寒い夜　巴金　立間祥介訳
駱駝祥子 —らくだのシアンツ—　老舎　立間祥介訳
新編 中国名詩選　全三冊　川合康三編訳
聊斎志異　全二冊　蒲松齢　立間祥介編訳
李商隠詩選　川合康三選訳
白楽天詩選　全二冊　川合康三訳注
文選　全六冊（既刊一冊）　川合康三・富永一登・釜谷武志・和田英信・浅見洋二・緑川英樹訳注
タゴール詩集 (ギーターンジャリ)　タゴール　渡辺照宏訳
マハーバーラタ ナラ王物語 —ダマヤンティー姫の数奇な生涯—　鎧淳訳
バガヴァッド・ギーター　上村勝彦訳
朝鮮民謡選　金素雲訳編
朝鮮短篇小説選　全二冊　大村益夫・長璋吉・三枝壽勝編訳
尹東柱詩集 空と風と星と詩　金時鐘編訳
アイヌ神謡集　知里幸惠編訳
アイヌ民譚集 付 えぞおばけ列伝　知里真志保編訳
サキャ格言集　今枝由郎訳

《ギリシア・ラテン文学》〔赤〕

ホメロス イリアス　全二冊　松平千秋訳
ホメロス オデュッセイア　全二冊　松平千秋訳
イソップ寓話集　中務哲郎訳
ソポクレス オイディプス王　藤沢令夫訳
ヒッポリュトス —パイドラーの恋—　エウリーピデース　松平千秋訳
バッカイ —バッコスに憑かれた女たち—　エウリーピデース　逸身喜一郎訳
ヘシオドス 神統記　廣川洋一訳
アリストパネース 蜂　高津春繁訳
アポロドーロス ギリシア神話　高津春繁訳
黄金の驢馬　アープレーイユス　呉茂一・国原吉之助訳
アベラールとエロイーズ 愛の往復書簡　沓掛良彦・横山安由美訳
オウィディウス 変身物語　全二冊　中村善也訳
ギリシア奇談集　アイリアノス　松平千秋・中務哲郎訳
ギリシア・ローマ神話 付 インド・北欧神話　ブルフィンチ　野上弥生子訳
ギリシア・ローマ名言集　柳沼重剛編
ローマ諷刺詩集　ペルシウス・ユウェナーリス　国原吉之助訳
内乱 —パルサリア—　全二冊　ルーカーヌス　大西英文訳

《南北ヨーロッパ他文学》〔赤〕

ダンテ 神曲 全三冊 山川丙三郎訳
ダンテ 新生 山川丙三郎訳
抜目のない未亡人 ゴルドーニ 平川祐弘訳
珈琲店・恋人たち ゴルドーニ 平川祐弘訳
夢のなかの夢 タブッキ 和田忠彦訳
ルネッサンス巷談集 フランコ・サケッティ 杉浦明平訳
カルヴィーノ イタリア民話集 全二冊 河島英昭編訳
むずかしい愛 カルヴィーノ 和田忠彦訳
パロマー カルヴィーノ 和田忠彦訳
カルヴィーノ アメリカ講義 —新たな千年紀のための六つのメモ 米川良夫・和田忠彦訳
まっぷたつの子爵 カルヴィーノ 河島英昭訳
愛神の戯れ —牧歌劇『アミンタ』 トルクァート・タッソ 鷲平京子訳
タッソ エルサレム解放 A・ジュリアーニ編 鷲平京子訳
わが秘密 ペトラルカ 近藤恒一訳
ペトラルカ 無知について 近藤恒一訳
無関心な人びと 全二冊 モラーヴィア 河島英昭訳

流刑 パヴェーゼ 河島英昭訳
祭の夜 パヴェーゼ 河島英昭訳
月と篝火 パヴェーゼ 河島英昭訳
シチリアでの会話 ヴィットリーニ 鷲平京子訳
ウンベルト・エーコ 小説の森散策 和田忠彦訳
バウドリーノ 全二冊 ウンベルト・エーコ 堤康徳訳
タタール人の砂漠 ブッツァーティ 脇功訳
七人の使者・神を見た犬 他十三篇 ブッツァーティ 脇功訳
ラサリーリョ・デ・トルメスの生涯 会田由訳
ドン・キホーテ 前篇 全三冊 セルバンテス 牛島信明訳
ドン・キホーテ 後篇 全三冊 セルバンテス 牛島信明訳
セルバンテス短篇集 牛島信明編訳
人の世は夢・サラメアの村長 カルデロン 高橋正武訳
恐ろしき媒 ホセ・エチェガライ 永田寛定訳
作り上げた利害 ベナベンテ 永田寛定訳
エスピノーサ スペイン民話集 三原幸久編訳
エル・シードの歌 長南実訳

娘たちの空返事 他一篇 モラティン 佐竹謙一訳
プラテーロとわたし J・R・ヒメーネス 長南実訳
オルメードの騎士 ロペ・デ・ベガ 長南実訳
父の死に寄せる詩 ホルヘ・マンリーケ 佐竹謙一訳
サラマンカの学生 他六篇 エスプロンセーダ 佐竹謙一訳
セビーリャの色事師と石の招客 他一篇 ティルソ・デ・モリーナ 佐竹謙一訳
ティラン・ロ・ブラン 全四冊 J・マルトゥレイ M・J・ダ・ガルバ 田澤耕訳
完訳アンデルセン童話集 全七冊 大畑末吉訳
即興詩人 全二冊 アンデルセン 大畑末吉訳
絵のない絵本 アンデルセン 大畑末吉訳
ヴィクトリア クヌート・ハムスン 冨原眞弓訳
フィンランド叙事詩 カレワラ 全二冊 リョンロット編 小泉保訳
イプセン 人形の家 原千代海訳
イプセン ヘッダ・ガーブレル 原千代海訳
ポルトガリヤの皇帝さん ラーゲルレーヴ イシガオサム訳
アミエルの日記 全四冊 河野与一訳
スイスのロビンソン 全二冊 ウィース 宇多五郎訳

クオ・ワディス 全三冊　シェンキェーヴィチ 木村彰一訳
おばあさん　ニェムツォヴァー 栗栖継訳
兵士シュヴェイクの冒険 全四冊　ハシェク 栗栖継訳
山椒魚戦争　カレル・チャペック 栗栖継訳
ロボット（R・U・R）　チャペック 千野栄一訳
絞首台からのレポート　ユリウス・フチーク 栗栖継訳
尼僧ヨアンナ　イヴァシュキェヴィッチ 関口時正訳
灰とダイヤモンド 全二冊　アンジェイェフスキ 川上洸訳
牛乳屋テヴィエ　ショレム・アレイヘム 西成彦訳
冗談　ミラン・クンデラ 西永良成訳
小説の技法　ミラン・クンデラ 西永良成訳
ルバイヤート　オマル・ハイヤーム 小川亮作訳
中世騎士物語　ブルフィンチ 野上弥生子訳
悪魔の涎・追い求める男 他八篇 コルタサル短篇集　木村榮一訳
遊戯の終わり　コルタサル 木村榮一訳
ペドロ・パラモ　ファン・ルルフォ 杉山晃・増田義郎訳
伝奇集　J・L・ボルヘス 鼓直訳

創造者　J・L・ボルヘス 鼓直訳
続審問　J・L・ボルヘス 中村健二訳
七つの夜　J・L・ボルヘス 野谷文昭訳
詩という仕事について　J・L・ボルヘス 鼓直訳
汚辱の世界史　J・L・ボルヘス 中村健二訳
ブロディーの報告書　J・L・ボルヘス 鼓直訳
アレフ　J・L・ボルヘス 鼓直訳
語るボルヘス ―書物・不死性・時間ほか　J・L・ボルヘス 木村榮一訳
グアテマラ伝説集　M・A・アストゥリアス 牛島信明訳
緑の家 全二冊　バルガス＝リョサ 木村榮一訳
密林の語り部　バルガス＝リョサ 西村英一郎訳
弓と竪琴　オクタビオ・パス 牛島信明訳
失われた足跡　カルペンティエル 牛島信明訳
アフリカ農場物語 全二冊　オリーヴ・シュライナー 大井真理子・都築忠七訳
やし酒飲み　エイモス・チュツオーラ 土屋哲訳
薬草まじない　エイモス・チュツオーラ 土屋哲訳
ジャンプ 他十一篇　ナディン・ゴーディマ 柳沢由実子訳

マイケル・K　J・M・クッツェー くぼたのぞみ訳

《ロシア文学》〔赤〕

- パナーエフ 文学的回想 全二冊 — 井上満訳
- オネーギン — プーシキン 池田健太郎訳
- スペードの女王・ベールキン物語 — プーシキン 神西清訳
- 狂人日記 他二篇 — ゴーゴリ 横田瑞穂訳
- 外套・鼻 — ゴーゴリ 平井肇訳
- 死せる魂 全三冊 — ゴーゴリ 平井肇・横田瑞穂訳
- ディカーニカ近郷夜話 全二冊 — ゴーゴリ 平井肇訳
- 平凡物語 全二冊 — ゴンチャロフ 井上満訳
- 初恋 — ツルゲーネフ 米川正夫訳
- ツルゲーネフ 散文詩 — 神西清・池田健太郎訳
- オブローモフ主義とは何か？ 他一篇 — ドブロリューボフ 金子幸彦訳
- 貧しき人々 — ドストイエフスキイ 原久一郎訳
- 二重人格 — ドストエフスキー 小沼文彦訳
- 罪と罰 全三冊 — ドストエフスキー 江川卓訳
- 白痴 全二冊 — ドストエーフスキイ 米川正夫訳
- カラマーゾフの兄弟 全四冊 — ドストエーフスキイ 米川正夫訳
- 釣魚雑筆 — アクサーコフ 貝沼一郎訳
- アンナ・カレーニナ 全三冊 — トルストイ 中村融訳
- 幼年時代 — トルストイ 藤沼貴訳
- 少年時代 — トルストイ 藤沼貴訳
- 戦争と平和 全六冊 — トルストイ 藤沼貴訳
- トルストイ民話集 人はなんで生きるか 他四篇 — 中村白葉訳
- トルストイ民話集 イワンのばか 他八篇 — 中村白葉訳
- イワン・イリッチの死 — トルストイ 米川正夫訳
- クロイツェル・ソナタ — トルストイ 米川正夫訳
- 復活 全二冊 — トルストイ 藤沼貴訳
- 人生論 — トルストイ 中村融訳
- 生ける屍 — トルストイ 米川正夫訳
- かもめ — チェーホフ 浦雅春訳
- 桜の園 — チェーホフ 小野理子訳
- 六号病棟・退屈な話 他五篇 — チェーホフ 松下裕訳
- サハリン島 全二冊 — チェーホフ 中村融訳
- シベリヤの旅 他三篇 — チェーホフ 神西清訳
- チェーホフ 妻への手紙 全二冊 — 湯浅芳子訳
- ともしび・谷間 他七篇 — チェーホフ 松下裕訳
- サーニン 全二冊 — アルツィバーシェフ 中村白葉訳
- どん底 — ゴーリキイ 中村白葉訳
- 芸術におけるわが生涯 全三冊 — スタニスラフスキー 蔵原惟人・江川卓訳
- 魅せられた旅人 — レスコーフ 木村彰一訳
- かくれんぼ・毒の園 他五篇 — ソログープ 中山省三郎・昇曙夢訳
- ベリンスキー ロシヤ文学評論集 全二冊 — 除村吉太郎訳
- われら — ザミャーチン 川端香男里訳
- プラトーノフ作品集 — 原卓也訳
- 巨匠とマルガリータ 全二冊 — ブルガーコフ 水野忠夫訳
- イワーン・イワーノヰッチとイワーン・ニキーフォロヰッチとが喧嘩をした話 — ゴーゴリ 原久一郎訳

《歴史・地理》〔青〕

新訂 魏志倭人伝・後漢書倭伝・宋書倭国伝・隋書倭国伝 —中国正史日本伝1　石原道博編訳
ヘロドトス 歴史 全三冊　松平千秋訳
トゥーキュディデース 戦史 全三冊　久保正彰訳
ガリア戦記　カエサル／近山金次訳
タキトゥス ゲルマーニア　泉井久之助訳註
タキトゥス 年代記 —ティベリウス帝からネロ帝へ 全二冊　国原吉之助訳
歴史とは何ぞや　ベルンハイム／坂口昂・小野鉄二訳
歴史における個人の役割　プレハーノフ／木原正雄訳
古代への情熱 —シュリーマン自伝　シュリーマン／村田数之亮訳
アーネスト・サトウ 一外交官の見た明治維新 全二冊　坂田精一訳
ベルツの日記 全二冊　トク・ベルツ編／菅沼竜太郎訳
武家の女性　山川菊栄
インディアスの破壊についての簡潔な報告　ラス・カサス／染田秀藤訳
ラス・カサス インディアス史 全七冊　長南実訳／石原保徳編
コロンブス航海誌　林屋永吉訳
コロンブス 全航海の報告　林屋永吉訳

洞窟絵画から連載漫画へ 人間コミュニケーションの万華鏡　ホグベン／寿岳文章・林達夫・平田寛・南博訳
戊辰物語　東京日日新聞社会部編
大森貝塚 —付 関連史料　E・S・モース／近藤義郎・佐原真編訳
魔女 全二冊　ミシュレ／篠田浩一郎訳
中世的世界の形成　石母田正
日本の古代国家　石母田正
フランス二月革命の日々 —トクヴィル回想録　トクヴィル／喜安朗訳
朝鮮・琉球航海記 —一八一六年アマースト使節団とともに　ベイジル・ホール／春名徹訳
ローマ皇帝伝 全二冊　スエトニウス／国原吉之助訳
回想の明治維新 —一ロシア人革命家の手記　メーチニコフ／渡辺雅司訳
インカの反乱 —被征服者の声　ティトゥ・クシ・ユパンギ述／染田秀藤訳
三国史記倭人伝 他六篇 朝鮮正史日本伝1　佐伯有清編訳
さまよえる湖 全二冊　ヘディン／福田宏年訳
ヨーロッパ文化と日本文化　ルイス・フロイス／岡田章雄訳注
十八世紀ヨーロッパ監獄事情　ジョン・ハワード／川北稔・森本真美訳
東京に暮す —一九二八〜一九三六　キャサリン・サンソム／大久保美春訳
ミカド —日本の内なる力　W・E・グリフィス／亀井俊介訳

増補 幕末百話　篠田鉱造
明治百話 全二冊　篠田鉱造
幕末明治 女百話 全二冊　篠田鉱造
トゥバ紀行　メンヒェン＝ヘルフェン／田中克彦訳
一七八九年—フランス革命序論　G・ルフェーヴル／高橋幸八郎・柴田三千雄・遅塚忠躬訳
ツアンポー峡谷の謎　F・キングドン－ウォード／金子民雄訳
クック 太平洋探検 全六冊　増田義郎訳
シエサ・デ・レオン インカ帝国地誌　増田義郎訳
インカ皇統記 全四冊　インカ・ガルシラーソ・デ・ラ・ベーガ／牛島信明訳
ローマ建国史 全三冊(既刊上巻)　リーウィウス／鈴木一州訳
フランス・プロテスタントの反乱 —カミザール戦争の記録　カヴァリエ／二宮フサ訳
ニコライの日記 —ロシア人宣教師が生きた明治日本 全三冊　中村健之介編訳
パリ・コミューン 全二冊　H・ルフェーヴル／河野健二・柴田朝子・西川長夫訳
徳川制度 全三冊・補遺　加藤貴校注
第二のデモクラテス —戦争の正当原因についての対話　セプールベダ／染田秀藤訳
チベット仏教王伝 —ソンツェン・ガンポ物語　ソナム・ギェルツェン／今枝由郎監訳

岩波文庫の最新刊

ロバート キャンベル・十重田裕一・宗像和重編

東京百年物語 3

一九四一〜一九六七

明治維新からの一〇〇年間に生まれた、「東京」を舞台とする文学作品のアンソロジー。第三分冊には、太宰治、林芙美子、中野重治、内田百閒ほかを収録。(全三冊)〔緑二一七-三〕 本体八一〇円

細井和喜蔵作

工場

——小説・女工哀史2

恋に敗れ、失意の自殺未遂から生還した主人公。以後の人生は紡織工場の奴隷労働解放に捧げようと誓うが…。『奴隷』との二部作。(解説=鎌田慧、松本満)〔青一三五-三〕 本体一二六〇円

木田元編

一日一文

英知のことば

古今東西の偉人たちが残したことばを一年三六六日に配列しました。どれも生き生きとした力で読む者に迫り、私たちの人生に潤いや生きる勇気を与えてくれます。(2色刷)〔別冊二四〕 本体一一〇〇円

プルースト/吉川一義訳

失われた時を求めて 13

見出された時 I

懐かしのタンソンヴィル再訪から、第一次大戦さなかのパリへ。時代は容赦なく変貌する。それを見つめる語り手に、文学についての啓示が訪れる。(全一四冊)〔赤N五一一-一三〕 本体一二六〇円

……今月の重版再開……

シラー作/久保栄訳

群盗

〔赤四一〇-一〕 本体六六〇円

井伏鱒二著

川釣り

〔緑七七-二〕 本体六〇〇円

岩波文庫編集部編

ことばの花束

——岩波文庫の名句365

〔別冊五〕 本体七二〇円

清水勲編

ビゴー日本素描集

〔青五五六-一〕 本体七二〇円

岩波文庫の最新刊

日野原健司編
北斎 富嶽三十六景
葛飾北斎(一七六〇—一八四九)が富士を描いた浮世絵版画の代表作。世界の芸術家にも大きな影響を与えた。カラーで全画を掲載。各画毎に鑑賞の手引きとなる解説を付した。〔青五八一-一〕 本体一〇〇〇円

大岡 玲編
開高健短篇選
デビュー作、芥川賞受賞作を含む初期の代表作から、死の直前に書き遺した絶筆まで、開高健(一九三〇—八九)の文学的生涯を一望する十一篇を収録。〔緑二二一-一〕 本体一〇六〇円

長谷部恭男解説
日本国憲法
戦後日本の憲法体制の成り立ちとその骨格を理解するのに欠かすことのできない基本的な文書を集め、詳しい解説を付した。市民必携のハンディな一冊。〔白三三-一〕 本体六八〇円

……今月の重版再開……

W・E・B・デュボイス著/木島始、鮫島重俊、黄寅秀訳
黒人のたましい
〔赤三三三-一〕 本体一〇二〇円

桂川甫周著/亀井高孝校訂
北槎聞略
—大黒屋光太夫ロシア漂流記
〔青四五六-一〕 本体一二〇〇円

吉田健一著
ヨオロッパの世紀末
〔青一九四-一〕 本体七八〇円

モーム作/中島賢二、岡田久雄訳
アシェンデン
—英国情報部員のファイル
〔赤二五四-一三〕 本体一一四〇円